登美丘の風に吹かれて

駅前人生不動産

藤田朝之

牧野出版

目次

裏取引
代理人
旗竿地
相続人

登美丘の風に吹かれて

駅前人生不動産

裏取引

1

戻り寒波の影響で、季節外れと思われる冷たい木枯らしが吹いた、三月中旬の水曜日。大阪府堺市内にある某不動産会社の事務所に、太った背の低い男と痩せた背の高い男という、対照的な体格の男が二人向き合っていた。

「これは今回のお前の取り分や。一本以上あったで」

黒いスーツに身を包んだ太った男が、膨らみのある茶封筒を上着の内ポケットから取り出すと、テーブルの上に置いて、対面に座る痩せた男の前に滑らせた。

「どうも」

茶色のトレンチコートを着たまま座っていた痩せた男はそう呟くと、中身を確認することなく、その茶封筒を鞄の中に仕舞い込んだ。封筒の中身が百二十枚の福沢諭吉であることは、彼には分かっていた。

「ちゃんと確認してや。一枚抜いてるかもしれへんで」

笑えない冗談を言う相手を無視し、金額欄に壱陌弐拾萬円と書き込んだ領収書を取り出すと、痩せた男はまだ空白だった日付欄に今日の日付を書き込んだ。

「そんなすぐにバレる不正を、畑中《はたなか》さんがするはずないでしょう」

冷めた態度で畑中と呼んだ男を見返した痩せた男は、最後に個人の認印を押すと、その領収書を畑中に差し出した。

「相変わらず冗談も通じん、可愛気のない奴やな」

畑中は面白くもないという態度で領収書を掴むと、ワイシャツの胸ポケットから煙草を取り出して、ライターで火をつけた。

「俺は畑中さんに可愛気があると思われたくて、お付き合いしているのではありませんよ。あくまでもビジネスとして、お付き合いしているのです」

「口の減らん奴や」

畑中は思わず声を荒らげそうになったが、ビジネスのためには一切媚など売ってこないこの男の性格を熟知していたため、感情的になるのをグッと我慢した。

「まあ、ええわ。これからも結果さえ出してくれたら、憎まれ口の一つや二つ、どうでもええことや」

「そういうことですよ。ゴマは擦るけど思慮が足らない奴と、憎まれ口は叩くけど冷静沈着な奴のどっちを取るかですわ」

この男独特の鼻につく言い回しに、畑中はもう反応しないようにしようと思ったが、その後に続けられた言葉はさすがに聞き逃せず、彼は煙草を吸っていた手を止めた。

「それより、今年に入って早くもこれが四回目ですからね。次は夏頃までしばらく期間を空けさせてもらいますよ。あんまり調子に乗ると、ろくなことがないので」

例によって一切畑中に相談もせず、またこの男が一人で勝手に決めたようだ。

「夏頃までやと？」

思わず畑中の口調が尖った。

「それくらいの冷却期間は必要でしょうね」

畑中の気持ちなどどこ吹く風のごとく、痩せた男は淡々と答えた。

「別にそんなに開けんでもええやないか。本当にお前は極端な奴やな……」

そんな大事なことをまたお前一人で決めたのか、と言わんばかりに畑中は声を怒りで震わせながら言った。

畑中は三年前に不動産会社を起業して以来、この痩せた男が持ち込んだ情報に基づく不動産売買の仲介取引を行なっていた。その彼との取引は、始めた当初はほぼ一、二ヶ月に一回のペースで行われていたが、確かに今年に入ってからは倍のペースになっていた。しかしそれは、まだほんの二ヶ月だけのことだ。そこまで慎重になる必要が果たしてあるのか。

そのことを畑中が言おうとすると、「絶対に調子に乗らないこと。そして、取引を行うタイミングはすべて自分に任せること」と突然呪文のように、痩せた男が呟いた。

二人でこの取引を始めるとき、情報提供をすべて痩せた男が担う代わりに、それを行うタイミングやサイクルもすべて彼に任せる、ということで二人は合意していた。

もう少し融通を利かせてくれたらもっと稼げるのに、そう畑中は歯がゆく思ったが、これ以上この男を詰めても無駄であることもよく知っていた。

「そんなに真面目ぶってばかりおったら、せっかく目の前にぶら下がっているチャンスも、全部逃げていくで」

　辛うじて負け惜しみに近い言葉を吐いたものの、この男がそんな一言に心を動かされるはずもなかった。むしろ哀れみに似た表情を浮かべて、畑中を見返してきた。

「畑中さん、その前後見境ない行動が命取りになると、いつも言ってるやないですか」瘦せた男は、まるで教師が生徒を諭すような口ぶりで、声のトーンを上げた。「改めて言いますが、取引のタイミングはすべて俺に任せてもらいます。今、まったく誰からも疑われていないからこそ、しばらく間を空けるんです。図に乗って短期間にやり続けてしまうと、必ず足がつきます。お願いですから、ここは当初の約束を思い出して、次も俺の判断に任せてください」

　毅然とした態度でそう言い切られると、畑中に返す言葉はなかった。どこまでいっても決定権は情報を持ち込む瘦せた男の方にあり、その現実は簡単に覆らないことを畑中は分かっていた。

　こいつがそういう腹づもりなら俺は他のカードを切るだけや、畑中はそう頭の中で切り替えると、それ以上この話題に触れようとしなかった。

「そしたら、今日はこれで失礼します。次の案件については、またこちらから連絡します」

　畑中が納得していないことは明白だったが、言い返してこなくなったことをこれ幸いとばかりに、瘦せた男は席を立った。

　長身のため頭を打ちそうになりながら、少し屈んで事務所の扉を出ようとしたとき、「お疲れ様です」と言いながら振り返ってみたが、畑中は引き留めることも見送ることもするつもりはないようで、彼の方を見ようともせずにソファに座り続けていた。

2

「そうですか。わざわざご丁寧なご連絡をありがとうございます。一日も早く、萩原様の物件が売却できることをお祈りしております」

直立不動で受話器を持ち、まるで電話の相手が目の前にいるかのように、深々と頭を下げた鹿谷瑛美《しかやえいみ》は、相手が電話を切ったことを確認すると、「はぁ〜」と大きくため息をついて、自分の席に座り込んだ。

「やっぱり大手に負けたかあ。あ〜悔しいな……」

力なく受話器を置いて俯いた瑛美の顔に、肩まで伸ばした彼女のストレートヘアが覆い被さった。

「その様子やと、萩原さんのところは断られたんやね。しゃあないしゃあない。そんなに気にせんとき」

電話が掛かってきてからの、一連の流れをすべて見ていた登美丘《とみおか》駅前不動産社長の藤堂幸助《とうどうこうすけ》は、まだ受話器を持ったまま俯いている部下の瑛美に、そう優しく言葉をかけた。

この商談に瑛美がどれだけ力を入れていたか、彼にはよく分かっていた。

「うちのような小さな不動産屋が、コネなしの新規媒介を獲得することは本当に難しいからね。俺も何百回と断られた経験を持ってるから」

「はい、すみません。ありがとうございます……」瑛美は声を振り絞るようにしてそう呟くと、ようやく顔を上げて幸助を見た。「四谷《よつや》不動産と専任契約を結ばれたそうです」

「ライバルは四谷不動産やったんか……」

それはやむなしという表情で、幸助がため息をついた。

「はい。地元密着の登美丘駅前不動産か、大手で信用力のある四谷不動産かの二者択一で悩まれておられたのですけど、結局四谷不動産に軍配を上げられてしまいました」瑛美は先の電話内容を思い出して、また下を向いた。「せめて一般契約にしてくれていたら、うちにもチャンスはあったのですけど……」

最後に絞り出した蚊の鳴くような声は、諦めきれない瑛美の心情を物語っていた。

「四谷不動産は、営業担当者に必ず専任で取ってくることをノルマにしている厳しい会社やからな。売主の萩原さんが四谷不動産の方を向いた時点で、一般契約の目はなかったやろうな」

四谷不動産の営業スタイルを熟知している幸助は、諦めに似た心境でそう呟いた。

専任契約とは、不動産用語の専任媒介契約の略語で、売主が一社の不動産会社のみに売却活動を依頼する媒介契約のことである。この契約が結ばれたら、その一社以外の不動産会社は、その物件の売却活動は一切できなくなる。

それに対して、一般契約とは一般媒介契約の略語で、こちらの場合であれば、売主は複数の不動産会社に売却活動を同時に依頼することができる。

今回の一件は、売主が四谷不動産と専任媒介契約を結んだため、登美丘駅前不動産としては売却活動が一切できなくなったというわけである。もし売主が四谷不動産と一般契約を結んでいたら、並行して登美丘駅前不動産も売却活動ができたため、その違いは大きい。

幸助が、生まれ故郷である大阪府堺市に登美丘駅前不動産を立ち上げたのは、今から四年前の四月のことだった。経験値と資金力さえあれば、比較的独立開業がしやすいといわれる不動産業界にあって、幸助が決断したときの年齢は五十二歳。同年代の中ではかなり遅めの起業だった。

当初は一人だけでスタートするつもりだったが、友人からの紹介という縁で面接した瑛美を、幸助は事務職員として初日から雇用した。ただ瑛美は不動産業がまったくの未経験だったため、専任宅建士、営業、経理という主要どころはすべて幸助一人がまかなう、小さな町の不動産屋としてのスタートだった。

ところが瑛美は、立ち上げ当初こそ事務全般の業務のみを担当してもらっていたが、人を明るくさせる笑顔と営業を手伝いたいという前向きな姿勢が幸助の心を動かし、開業三年目を迎えた昨年からは、営業の仕事も手伝い始めてもらっていた。

若い頃は水商売の経験もあるという瑛美は、三十歳代という年齢を感じさせない、色気と気品を兼ね備えたなかなかの美人だった。結婚未経験の独身で、お客様からは老若男女を問わず頼りにされることが多く、今では幸助のなくてはならない右腕的存在に成長していた。

不動産会社の主な業務としては、売買、賃貸、管理の三つがあるが、登美丘駅前不動産はそのうちの売買を専門業務としていた。

またその売買業務も、売主と買主の仲介業務や、自らが売買することによって差益を稼ぐ業務など内容は複数あるが、幸助が一番力を入れているのは、売主との媒介契約の締結であった。これは早い話、不動産を売りたい人を見つけてきて、その人から登美丘駅前不動産を通じて売ってもらう契約を取ることである。

不動産売買における仲介手数料というのは、売主と買主からそれぞれもらえるのがルールだが、中でもこの売主からもらえるルートを確立しておくこと（すなわち売主との媒介契約を締結すること）は、不動産業界の勝利の第一歩といわれていた。

本日瑛美が媒介契約を断られた先は、現在自分が住んでいる土地と建物の売却を考えている、萩原貴子という一人暮らしの老女だった。今年の夏から介護付き老人施設に入居が決まったので自宅を処分したいという相談内容で、年初に登美丘駅前不動産にわざわざ来店してくれたのだ。

登美丘駅前不動産に足を運んでくれた一番の理由は「自宅から一番近かったから」だったが、その後の瑛美の熱心な応対がお客様の心を掴み、この三月の頭にはほぼ登美丘駅前不動産と媒介契約を結ぶというところまでいっていた。

しかし先日、東京に住む売主の一人息子から「実績と信用のある大手に頼むほうがいい」という横槍のアドバイスが入り、売主自身が相当悩んだ末に、やはり息子の意見には逆らえないという結論になって、大手の四谷不動産に決められてしまった。

「本当にごめんなさいね。私は鹿谷さんにお願いしたかったんですけど……」と、最後に申し訳なさそうに言ってくれた萩原貴子の一言が、嬉しいような虚しいような複雑な思いを瑛美に抱かせた。

いずれにせよ、実社会は結果がすべての世界である。成就できなかった案件には未練を持たず、また前を向いて新たに営業開拓をしていくほかない。この悔しさをバネに瑛美がまた一段と成長してくれることを、幸助は願うばかりだった。

もう三月も中旬というのに、店の外では戻り寒波の冷たい風が吹き荒れていた。それはまるで、瑛美の現在の心境を表しているようだった。

3

畑中の事務所からようやく解放された痩せた男は、次回畑中と会うときの作戦を考えながら、トレンチコートの襟を立てて、最寄駅である南海本線の浜寺公園駅まで歩いてきた。

寒々とした平日の昼間にも関わらず、カメラを手にした観光客らしき人が数人、駅前で写真を撮っている姿が、痩せた男の目に入った。どこにでもありそうな住宅街の普通の景色が何の観光スポットなのかと疑問に思ったとき、鉄道ファンの友人から、この浜寺公園駅は鉄道ファンの間では、聖地的な場所の一つだと教えられたことを彼は思い出した。

左右対称の幾何学的で重厚な木造の旧駅舎は、国の登録有形文化財にも指定されている貴重なものらしく、鉄道に興味のない彼でもそれなりに価値があることは理解できた。設計者はレンガ造りで有名な東京駅と同じ建築家である。現在は駅の高架工事をきっかけに駅舎としての役目を終えているようだが、今も現在の駅舎の隣にどっしりとそびえ立って存在感を示すその様は、一見する価値は確かにあった。また、数十メートル離れた旧国道沿いには、大阪で唯一の路面電車である阪堺電車の停留所もあり、何かと無機質になりがちな住宅街の駅前にあって、話題性に尽きない駅であった。

痩せた男がその旧駅舎を右手に見ながら改札口を抜け、難波行きの普通電車に乗るために上りホームの中ほどに立って列車の到着を待っていたとき、先に到着した下り普通電車から降りてきた乗客の中に見覚えのある顔を見つけた。

（あいつは営業第三課の山本では……）

ネクタイをきちんと絞めた紺のスーツ姿で、カバンを右手に持ち、やや猫背気味に歩いているがっしりとした体格の若い男。立っている角度からは横顔しか見えないが、出口に急ぐその背格好は間違いなく、同じ不動産会社で同じ難波支店に勤める同僚の山本彰に違いなかった。

営業一課に籍を置く彼とは部署違いの先輩後輩の関係になり、あまり直接話をした記憶はなかったが、営業成績は常にトップクラスの優秀な男だったはずだ。

（いったい、なぜあいつがここにいる。まさか……）

痩せた男の頭の中に、悪い予感がよぎった。

山本の所属する営業第三課は、難波支店の中では地域密着を専門とする部署であり、基本的に営業範囲は大阪市内だけのはずだった。まして今日は支店定休日の水曜日。そんな山本が、なぜスーツ姿でこの堺市内にある浜寺公園駅にいるのか。

まさか畑中はこんな若い奴にまで声をかけているのか、と痩せた男は咄嗟にそう思った。偶然にしては、タイミングが出来過ぎだからだった。

とはいえ、いくら地域密着の部署だからといって、明確に地域の線引きがあるわけではもちろんなかった。現実に営業第三課の人間が堺や東大阪で約定を決めてきた例は過去にも数件あった。

山本はもともと営業成績のよい男だ。休みの日にもかかわらず、担当エリア外にまで足を運んで仕事をしている熱心な者、という見方もできなくはなかった。しかし今この、この浜寺公園駅にいるということが、やはり痩せた男には引っかかった。

しばらく思案した彼は、やがて内ポケットからスマホを取り出すと、つい先ほどまで会っていた畑中の電話番号を表示し、通話ボタンを押した。

「もしもし、俺ですけど……」

「おう、やっぱりさっきの話を訂正する気になったか」

リスク管理も何もない呑気な口調に、彼は軽い苛立ちを覚えた。しかし、かろうじてその感情を抑えると、つとめて冷静さを保ちながら「ひとつ確認したいことがあるのですが、当社の中でまさかまだ声をかけている奴とかは、他にいないでしょうね」とずばり尋ねた。否定しろ、と祈りながら。

しかし、「そんなこと、いちいちお前に答える義務はないやろ」という、聞きたくない畑中の返事がスマホから聞こえた。否定することも肯定することもしないこの答えは、声をかけていることを認めたも同然であった。そもそも畑中の性格なら、いわれのない指摘には即座に否定してくるはずなのだ。

「やはり、いるのですね。まったく、どこまで愚かなのか……」

思わず愚痴として出た、相手を小馬鹿にするかのような彼の一言を聞いて、さすがに畑中は噛みついてきた。

「おい、さっきから聞いてたら、お前も随分な言い方をするやないか。あんまり舐めた態度ばかり取っとったら、こっちにも考えがあるで。俺らはもう一蓮托生の関係やということを忘れんなよ」

「それはどういう意味ですか」

「どう取ろうとお前の勝手や。ただ一ついえることは、俺を裏切ったらお前も酷い目に遭うということや。もしこのことが世間に公になったら、俺は絶対にお前も道連れにするからな。もう俺もお前も、戻れん道に踏み込んでいるということを忘れんなや」

これが脅しでなければ何なのか。ここまできたら、もうチンピラ以下であった。

「おっと、客人が来たようやからもう切るわ」

言い返すべき言葉が見つからないうちに、電話は一方的に切られて、気がつけば彼の耳には虚しい電子音だけが残っていた。

このタイミングでの来店客といえば、先ほど浜寺公園駅で会った山本が到着したと見て、ほぼ間違いないと思われた。

（これは本気で前後策を考えなあかんな……）

ため息混じりにスマホを握りしめた彼の前を、難波と関西空港を結ぶ青色の特急列車が猛然と通過していった。冷たい空気を巻き上げた強い列車風が彼を直撃し、思わず立っている姿勢が崩れそうになった。

気がつけば、浜寺公園駅に着いてからもう三本も上り電車を見送っていた。

4

「あれ、この物件って、もしかして……」

店内でパソコン画面を見ていた瑛美が思わず声を上げた。

「鹿谷さん、どうした？」

窓から見える隣の駐車場の満開の桜を見ていた幸助は、瑛美が見ているパソコン画面に視線を移しながら聞いた。そのパソコン画面には、レインズの売買物件資料が一件だけ表示されていた。

【中古一戸建て、価格三七八〇万円、堺市東区大美野、北野田駅より徒歩一五分……】

物件情報を見る限り、何の変哲もない普通の物件資料である。

「これが何か？」

意味が分からず、幸助は首を傾げて瑛美に訊いた。

「ほら、この門構えや室内の写真。社長、覚えておられませんか」

瑛美にそう言われて、写真や物件住所、面積等のデータをもう一度見直した幸助は、ようやくその物件のことを思い出した。

「これはもしかして、半月ほど前に四谷不動産に媒介を取られた、萩原さんの物件か」

幸助の言葉に、瑛美は笑顔を見せることなく頷いた。

レインズとは、指定流通機構ともいう「不動産物件情報交換のためのコンピュータ・ネットワーク・システム」のことで、早い話が不動産屋同士の情報交換サイトだ。不動産業の免許を受けた全国全ての宅建業者が見ることができ、大手不動産会社はもちろん、登美丘駅前不動産のような小さな不動産会社では特にこのサイトを重宝していた。

全国の不動産会社が、顧客から売り依頼を受けた土地・建物の物件情報をこのサイトに日々登録し、他の不動産会社から買主を募集するという仕組みで、毎日新規登録された最新の物件情報をチェックすることは、不動産会社の大事な作業の一つだった。

登美丘駅前不動産ではそのチェックをする業務を瑛美の日課としており、堺市内とその周辺の新規登録物件を彼女が日々チェックをしていた。そんな本日分の新規登録物件を見ていたときに、瑛美が先の声を発したのだった。

「確か、介護付き老人ホームに入居が決まったから、売却を希望したという物件やったな」

査定のときは幸助も瑛美と一緒に現地に行ったため、物件資料に載っている写真はいずれも見覚えがあった。あのときの売主の反応は、かなり良かったとも記憶していた。ただその後の息子からのアドバイスが原因で、結局大手の四谷不動産と媒介契約を結んだと、瑛美からは報告を受けていた。

「あれから半月くらい経つから、ついに正式に売り出したということか。悔しいけど、しゃあないな」

幸助の呑気な反応に、瑛美はじれったそうに首を振った。

「そうではなくて社長、この物件資料を登録した不動産会社の名前をよく見てください！」

瑛美が急に大きな声を出したので、幸助は少し驚きながら、慌てて視線を登録会社名に移した。

「えーと、会社名はゴールドハウスエステートか」何気なしに読み上げてから、大きな違和感を感じた幸助は、「何？」と怒鳴って、もう一度物件資料を直視した。

しかし間違いはなかった。登録不動産会社は株式会社ゴールドハウスエステートと書かれてあり、住所は堺市西区大浜と印字されていたのである。媒介の種類はやはり専任媒介であった。

「この物件は、四谷不動産が専任のはずでは……」

幸助は瑛美が言わんとしていることをようやく理解して、改めて瑛美の方を向いた。瑛美は眉間に皺を寄せて、物件資料を直視し続けていた。

「私が萩原様からお聞きした限りでは、大手の四谷不動産か地元の当社かの二者択一で迷っておられたはずなんですよね」

「そうやったね。俺もよく覚えているよ」

「お断りのお電話をいただいたときも、『四谷不動産に任すことにしました』と具体的に名前まで出しておられましたし」

幸助は、受話器を握りしめたまま悔しそうにしていたあの日の瑛美の姿を思い出して、頷いた。

「そもそもゴールドハウスエステートなんていう会社名は、あのお客様の口から聞いたこともありません。これは負け惜しみではなく、絶対におかしいです」

瑛美はどうしても納得がいかないようだったが、それは幸助も同じだった。

「確かにおかしいな。まずこの住所やけど、大浜といえばあの物件からかなり距離がある。とても地元とはいえないよね。電車の路線も南海本線側やから、南海高野線側のこちらとは生活圏も全く違う。そしてもう一つの違和感が……」幸助が会社名の上に印字されていた、宅建免許番号を指差しながら言葉を続けた。「この免許番号（1）のところや。実績も信用もない、うちと変わらん若い会社やんか」

幸助の明快な解説に、瑛美は我が意を得たりとばかりに頷いた。

免許番号の括弧の数字は、免許を受けてからの期間を表しており、五年ごとに数字が更新していくシステムだ。したがって（1）という数字は、会社を立ち上げてから五年未満の若い会社であることを表していた。ちなみに登美丘駅前不動産も立ち上げてまだ四年目の会社なので（1）であった。一方四谷不動産の免許番号は（15）であり、歴史と実績で四谷不動産に叶わないのは周知の事実だったが、（1）同士のゴールドハウスエステートに負けたことは、幸助や瑛美にとってまったく納得のいかないことだった。

「大手でないうえに歴史と実績もなく、うちのように地元密着でもない。そして萩原さんが出していた名前にも上がっていなかった。これはどう考えてもおかしいな」

二人の疑惑は、ほぼ確信に変わった。しかし、だからといって憶測の域を出るわけではなく、後味の悪い印象だけが残ったのも事実だった。真実を確かめるには、売主である萩原さんに直接尋ねるのが一番なのだが、その行為は宅建業法に違反してしまうのであった。

ゴールドハウスエステートは売主と専属専任媒介契約を結んでいるため、宅建業を営む登美丘駅前不動産が、ゴールドハウスエステートを飛び越えて直接売主と接触を図ることは完全タブーなのだった。これは、たとえ売主さんと面識があったとしても、例外はなかった。バレなければいいとかという問題ではなく、コンプライアンス上絶対に守らなければいけない、不動産業界の大切なルールなのだった。

「萩原さんに直接確認することは絶対に無理やから、四谷不動産の方から調べてみるか。あそこには白《しろ》ちゃんがいるからな」

白ちゃんとは、四谷不動産難波支店に勤める白崎《しろさき》卓也のことで、幸助とは独立する前から付き合いがある不動産業界の友人だった。大手の四谷不動産ならではの情報をいつも真っ先に教えてくれる、幸助の最も信頼する仲間の一人であった。

「白崎さんに調べてもらうって、どう調べてもらうんですか」

このままではどうしても諦めきれないという表情をした瑛美が、藁にもすがるような目を幸助に向けて聞いた。

「ゴールドハウスエステートが本当に実力で媒介を取ったのなら、四谷不動産にも営業で勝っているわけやからね。裏を返せば、四谷不動産がこの媒介営業に負けた理由が分かれば、真実も見えるかも、ってところかな。真実が分かってどうなるものでもないけど、このままでは何か割り切れないよね」

「お願いします。そこまで調べていただけたら、私も区切りをつけて、もうこの物件のことは忘れますので」

営業の仕事は反省やチェックも大事だが、一番大事なことは気持ちの切り替えである。瑛美は心を落ち着かせるために深呼吸を一つしてから、また先ほどの物件チェック作業に戻った。

5

「先輩、話って何ですか」

心斎橋筋商店街から一本西に入った通りにある喫茶店に呼び出された山本彰が、怪訝そうな顔をして、自分を呼び出した先輩の前の席に座るなり言った。

「一課の人が三課の僕に何の用でしょう。それに話なら会社でもいいのに、何でまたこんな喫茶店なんかに……」

課が違うとはいえ、先輩である自分を前にして遠慮なく不機嫌そうな態度を取るとはかなり天狗になっているらしい、と先輩の男は思った。結果がすべてである営業の世界で、それなりの成績を収めている男だけに、課内では誰も注意する者がいないのだろう。ちなみに支店長は、営業成績の良い人間に対しては、持ち上げることしかしない人だった。

注文を取りに来たウェイトレスに「コーヒーでいいな」と目配せした先輩の男は、ウェイトレスが席を離れた後、「お前最近、畑中さんのところによく出入りしているらしいな」と無表情のまま唐突に言った。

いきなり畑中という名前を出されて、山本の眼が一瞬泳いだのを先輩の男は見逃さなかった。畑中とは、二人が所属している四谷不動産難波《なんば》支店の元上司のことである。二年前に依願退職し、現在は堺市内で不動産会社を独立開業していた。

「よく、ってほどでもないですけどね。畑中さんから『いつでも遊びにこいよ』と言ってもらっていたので、あいさつ程度に数回お邪魔しただけです」

一瞬焦りを見せた表情をすぐに消すと、山本はわざとらしいすまし顔になって、ぶっきらぼうに答えた。その話題にはよほど触れてほしくないようだった。

先輩の男は、山本の心理をそう読み切ると、「数回ね。難波からわざわざ浜寺公園までか」とさらに嫌味を込めたニュアンスで突っ込んだ。

「浜寺公園といっても、近いやないですか。難波から電車で二十分弱の距離ですよ。同じ業界同士の先輩なんですから、情報交換も含めてあいさつに行って何が悪いんですか」

ほとんど開き直るような山本の態度を見て、先輩の男はほくそ笑んだ。これでは、人に言えない理由で畑中と会っている、と自ら認めたようなものだ。

悪さを企むならもう少し芝居の腕も磨いておけ、と言いたい言葉をグッと飲み込んだ先輩の男は、改めて山本の目を凝視して口を開いた。

「お前たしか堺市内で一件、専属が取れそうな案件があったよな。本来なら大阪市内がターゲットのはずの三課のお前が、わざわざ堺にまで行っていた案件が」

山本の顔色がまた変わった。なぜこの先輩はそんなことまで知っているのだろう、という驚きを隠せない表情を見せて。

四谷不動産難波支店では、営業一課が大阪府全域の個人、営業二課が大阪府全域の法人、そして営業三課が大阪市内の個人にそれぞれ特化するという体制をとっていた。すなわち三課の山本が堺市の案件を追っていたということは、突っ込まれても仕方のない不自然な行為だったのだ。

そして山本は、畑中の名前に続いて堺の話題が出たことに、完全に狼狽した態度を見せた。あれはこっそり入手した情報のはずだったのに、なぜ……。

「あの案件は潰れました。堺は遠すぎて、やっぱり十分なフォローができなかったんです。これに懲りて、もう堺の案件を追うのはやめますから」

頭をすぐに整理できず、言い訳にもならない言葉を早口で発した山本は、もう完全に先輩の男の顔を見ることができなくなっていた。

一方その答えを聞いた先輩の男は、そんな答えで納得できると思っているのか、という表情を浮かべて、「もっと経緯を詳しく話せ」と身を乗り出してきた。

「何で課も違う先輩に、そんな報告をせんとあかんのですか。うちの三課の人から言われるんやったらまだしも、何で一課の先輩に。これは越権行為やないですか」

山本は早くこの場から立ち去りたくて、思わず早口になって挑戦的なことを言った。冷静に考えると、筋が通っていないのは明白にも関わらず……。

すると「なんで越権行為になるんや！こっちの営業エリアの案件を勝手に追っとったくせに！あんまり舐めた口叩くなよ！」と日頃は滅多に感情を表に出さない男が、珍しく声を荒らげてそう怒鳴ってきた。近くに座っていたサラリーマン風の男性が、その声にびっくりして山本たちを見た。

その視線を感じた先輩の男は、少し声のトーンを落とすと、すっと一枚の物件資料を机の上に出し、「お前の行ってた案件は、これと違うんか」と低く冷たい声でさらに山本に迫った。

【中古一戸建て、価格三七八〇万円、堺市東区大美野、北野田駅より徒歩一五分……】

取扱不動産会社がゴールドハウスエステートと印刷されたその物件資料を目にした山本は、さすがにもう隠せないと判断し、力無くうなだれた。

「どうや。この物件と違うんかと訊いてるんや」

答えられないでいる山本に、先輩の男は輪をかけて同じ質問を繰り返した。言いたいことがあったら言ってみい、という完全に勝ち誇った様相で。

山本は額に脂汗を浮かべて、両膝のスーツのズボンの生地を無意識に固く握りながら、うなだれ続けることしかできなかった。

6

各駅停車しか停まらない登美丘駅は、対面式のホームが二面だけの小ぢんまりとした駅だった。歴史を感じる小さな木造駅舎が駅の南東側に建っており、上下線のホームは跨線橋で結ばれていた。木造駅舎内には自動券売機が一台と自動改札機が二台設置されているが、現在は駅員のいない無人駅で、改札横にある丸い窓口は白いカーテンで覆われていた。

かつて無人駅といえば、地方ローカル線の代名詞のような存在だったが、最近は大手電鉄会社の都市部の駅でも増えているようだ。そういえば最近は、比較的都心部に近い鉄道路線でのワンマン運転もよく目にするようになった。

桜が完全に散り終えた四月半ばの金曜日の午後、幸助は来店予定の白崎を迎えるために、登美丘駅の木造駅舎内に久しぶりに足を踏み入れた。駅舎自体はお店の目の前にあるため、毎日のように目にしているのだが、最近は車での行動がほとんどのため、駅舎内に入ったのがいつ以来なのかはまったく記憶になかった。

比較的利用者の少ない昼間の時間帯だったため、人影がまばらな駅舎内では人の声がしない代わりに、可愛らしい燕の鳴き声があちらこちらから聞こえていた。見上げると、駅舎内の天井には、雛鳥のいる燕の巣がたくさんあった。そしてその雛鳥たちが、餌を咥えて巣に戻ってくる親鳥に対して、一斉に鳴いている声が響いているのだった。

燕は冬の間は東南アジアなどの南国に越冬し、夏の間にまた日本に帰ってくる渡り鳥だ。人間による環境破壊云々が叫ばれる中、もっとも人間に近いところで共存できている、貴重な野生動物といっていいだろう。こうして毎年同じ場所で同じ子育てが愛らしく繰り返されている現実を目のあたりにして、この辺りもまだまだ捨てたものではない、と幸助は思わず頬が緩んだ。

やがて下り電車の到着を告げる自動構内放送が鳴り、六両編成のステンレス製の各駅停車が下りホームに滑り込んできた。改札口に近い先頭車両を中心に数名の乗客が降りてくる。その中に一際背の高いスーツ姿の男性を見つけた幸助は、その男性に対して大きく手を上げた。

「遠いところをご苦労様、白ちゃん」

改札口まで歩いてきた白崎に、幸助が声をかけた。

「社長自ら駅までお出迎えとは恐縮です」

白崎も笑みをこぼして、軽く手を上げながら改札口を出てきた。

「ははは、お出迎えといってもすぐそこやけどね」

幸助はそういって笑うと、白崎と並んで駅舎を出た。

実際、改札口から登美丘駅前不動産の店舗までは五十メートルもなく、駅前にある小規模なロータリーとそこへ通じる商店街の道路を挟んですぐ反対側にあった。駅舎からももちろん見える位置にあり、出迎えという表現は大袈裟といえるほどの距離しかない。

とはいえ幸助が、こうして改札口まで人を出迎えに来るのは異例といっていいだろう。白崎自身も過去に何度か登美丘駅前不動産を訪ねたことはあるが、駅まで出迎えに来てもらったのは今日が初めてであった。

「依頼されていたゴールドハウスエステートの件で、報告したいことがあります。明日の午後、そちらにお邪魔してもいいですか」

そう白崎から電話があったのは、昨日の夕方のことだった。

調査結果を気にかけていた幸助には、もちろん異論などあるはずもなかったが、この件は、もともと幸助の方からお願いをしていた案件だ。その報告を聞くのに、わざわざ白崎のほうから来てもらうというのはあまりに申し訳ないと幸助は思った。

そこで「自分が四谷不動産に行く」と言ったのだが、「ちょっと込み入った内容だし、自分も社外でゆっくり話をしたいので」と白崎も譲らず、結局この来店になっていた。とはいえ、そのきっかけを作ったのはやはり幸助だったので、お店でのんびり待っているのはさすがに気が引けて、こうして駅まで迎えに出てきたのだった。

学生時代にバスケをしていたという白崎は身長が一九〇センチ以上あり、一七〇に満たない幸助が並んで歩くと、さながら大人と子供のように見えた。おまけに幸助は最近腹も出てきたため、いまだに腹筋が割れるという白崎と一緒にいると、「串と団子コンビ」と業界仲間からはいじられていた。

「あっ、いらっしゃいませ。お久しぶりです。どうぞこちらへお入りください」

お店に入ると、カウンター越しに瑛美が笑顔であいさつし、そのまま先導する形で店内奥にある応接ソファに白崎を案内した。白崎の訪問理由は瑛美も聞いており、それを聞く席には同席するよう幸助からは言われていた。

「お久しぶりです。元気そうですね。鹿谷さんのご活躍は、藤堂社長からいつも聞いていますよ」

白崎は笑顔で応じて、導かれたソファに腰を下ろした。

「活躍やなんて、とんでもないですよ。へマばかりして、いつも社長に迷惑をかけているんです。今回の件も、元はと言えば私の失敗が原因ですから」

「それをいうなら、うちも同じですよ。いや、うちの方がもっと失敗の度合いが大きいかもしれない」

互いに謙遜し合う二人を可笑しそうに見ながら白崎の向かいに座った幸助は、お茶を用意してくれている瑛美が隣に座るのを待つと、打ち合わせの体制を整えた。

「それでは、さっそくやけど、ゴールドハウスエステートの報告とやらを聞かせてもらおうか」

幸助が白崎に報告を促し、振られた白崎が軽くうなずいた。

「まずゴールドハウスエステートの社長は、我が四谷不動産の元社員であることを最初に報告しておきます。私より五つ上の先輩で、名前は畑中といいます」

白崎はそう報告の口火を切ったあと、驚いた表情を見せる幸助と瑛美の視線を感じながら、瑛美が入れてくれたお茶を一口啜った。

「藤堂社長に調査依頼としてこの社名を聞いたときから、畑中さんの会社やということは分かっていました。でも元身内の会社やからこそ、今回の件をじっくり調べるまでは、藤堂社長には余計なことを一切言わずにおりました。申し訳ありません」

白崎はそこまでいうと、幸助と瑛美に頭を下げた。

「それは人が悪いなあ、と言いたいとこやけど、白ちゃんの対応は当たり前の対応やと思うよ。俺が白ちゃんの立場でもそうすると思うから、そんなことは謝らんでええよ」

「ご理解いただき感謝します、藤堂社長」

「それより、その会社が四谷不動産の元身内やとしたら、なおさら今回の結果は気になるな。何かきな臭いというか……」

幸助は瑛美の方を見ながら呟いた。

「私は売主様に断られたとき、四谷不動産と契約した、とはっきり聞きましたので、どうしてもこの結果は納得いかないんです」

瑛美も幸助の視線を感じて言葉を発した。

「ゴールドハウスエステートをネットで調べてみたけど、歴史も浅いし規模の上でもとても大手とは言い難い。むしろ堺市内では、登美丘駅前不動産の方が名前が通ってるくらいやと思うで。加えて不自然にも思える物件までのあの距離や。売主さんが、地元か大手かで迷っておられたことを考えても、この結論はどう考えてもおかしいよね」

　幸助は話す言葉に徐々に熱がこもってきた。白崎も幸助の疑問はごもっとも、といった顔をして異論を挟まずに聞いていた。

「今日こうしてわざわざうちまで報告に来てくれたということは、良くも悪くも、真実がほぼわかったと理解してええんやな」

　幸助がやや身を乗り出すようにして、白崎に訊いた。瑛美も固唾を飲んで白崎の次の言葉を待っている。

「そういうことになりますね。順を追ってお話ししましょう」

　いよいよここからが本題だと言わんばかりに、白崎はそれまで以上に背筋を伸ばして、本題の話に入り始めた。

「まず畑中さんがどんな人か、から説明します。正直、仕事は滅茶苦茶できる人でした。月ベースの営業成績で全国ベストテンに入ったことは何度もあり、将来のうちの役員候補として名前が挙がっていたこともあったくらいです。ただし、素行に少々行儀が悪いところがあって、人望はあまりなかったですね。当社を辞めるきっかけになったのも、飛ばし決済をしてその仲介手数料を懐に入れたのではないかという噂が立ったことがそもそもの原因でした。結局証拠は上がらなかったのですが、社内での白い目は避けられず、結局依願退職という形で当社を去ることになり、その後ゴールドハウスエステートを立ち上げられたんです」

白崎はここまで一気に言うと、幸助と瑛美の反応を見た。幸助はなるほど、という反応を示していたが、瑛美は飛ばし決済が何のことか理解できていないようだった。

ここでいう飛ばし決済とは、不動産会社に雇用されている一営業マンが、自分の顧客の契約案件を自分の所属する不動産会社を通さずに、契約決済することを指していた。その営業マンが宅建免許を持っている別の不動産会社にその契約案件を持ち込み、紹介料という名目で個人的に手数料をキックバックしてもらうという手口である。

「そんなこと、可能なんですか」

幸助から簡単に説明を受けた瑛美が、思わず叫んだ。

「自分の息のかかった不動産会社に協力してもらったらできないことはないよ。例えば白ちゃんが、自分の顧客の契約案件をうちに持ち込んで、うちが四谷不動産の系列会社とか称して四谷不動産の代わりにその売主と媒介契約を結ぶ。そして無事に契約決済まで終えたら、うちがその売主からいただいた仲介手数料を、白ちゃんに個人的にキックバックするという寸法や。白ちゃんはサラリー制やからこの臨時収入は大きいし、うちも売主開拓の努力をせずに売り上げが上がるから、お互いにウィンウィンの関係成立、というわけや。ただしこの取引は、その真実を四谷不動産、売主、買主のそれぞれの人たちにバレないようにする必要があるから、けっこう根回しが面倒くさいんや。バレたら白ちゃんはクビやし、そのときのリスクを考えたら、あんまり割に合わん不正取引とは思うけどな」

幸助の細かい説明に、瑛美はさすがに眉をひそめて黙りこくった。

「しかし、そういう根回しが苦にならない、良くも悪くもマメな人間が残念ながらいるんですよね。そして一度味をしめたら何度も行おうともする。一種の麻薬のようなものです」白崎が、困ったものだ、とため息をつきながら幸助の言葉を繋いだ。

「ということは、今回のゴールドハウスエステートは、飛ばし決済の受け手会社やったということか」

納得した、とばかりに頷いた幸助に、白崎はもう否定をしなかった。

「えっ、じゃあやっぱり、今回の件はその手口による不正が行われたということですか」瑛美が悲鳴をあげるように言った。

「その畑中という男に飛ばし疑惑の前科があるんやったら、まず間違いないと思うで。前はサラリーマンの立場で案件を持ち込むほうやったけど、今回は業者の立場で案件を受けるほうになったということやろう。四谷不動産の後輩たちに、一回の取引で給料数ヶ月分くらいの報酬をぶら下げたら、引っかかる奴もおったやろうしな」

「証拠固めはこれからですが、まず藤堂社長のご明察通り、と申し上げておきましょう」白崎がそう言って、口を真一文字にした。

「その口ぶりやと、四谷不動産内の犯人は、ほぼ突き止めているんやな」

「突き止めたからこそ、今日のご報告は当社でではなく、こちらへお邪魔しているとご理解ください」

「なるほど」

幸助は白崎の意味深な言葉を受け止めた。

「畑中さんは立ち上げた自分の会社を、四谷不動産の飛ばし会社にしようと考えた。藤堂社長のご指摘通り、以前自分がやっていたことを、今度は業者の立場でやろうとしたわけです。自分で案件を探す努力もせずにね」

無表情で淡々と説明を続ける白崎を、瑛美がまるで怖いものでも見るような目をして聞いていた。

「四谷不動産にも歩合給はありますが、基本は年功序列のサラリー制ですからね。若い奴らが大金をぶら下げられたら、まさに藤堂社長のご想像通りですよ。そして今回の大美野の物件は一人暮らしのお年寄りとのことでしたから、売主を丸め込むのも問題なく、飛ばしのターゲットにされたと思われます」

「確かにとても人の良い一人暮らしのお婆さんでした。四谷不動産という歴史のある大手不動産会社だからこそ、そのネームバリューを信じて今回の決断をされたはずなのに、ひどい話ですね」

大美野の名前が出たため、瑛美は思わず反応して口を開いた。

「ゴールドハウスエステートの社名は、契約書と重要事項説明書の仲介欄にハンコを押してるだけやから、売主の萩原さんは目の前にいる四谷不動産の肩書を持った担当者を信じていたんやろうな。四谷不動産の担当者と取引しているんやから、てっきり四谷不動産と取引していると思い込まされていたんや」

幸助の言葉に瑛美は思わず、許せない、と一言呟いた。瑛美と取引したかった、と言ってくれた売主の優しい面影が瞼に浮かび、悔しさが改めて込み上げた。

「この飛ばし決済のやっかいなところは、売主側から見れば完全な詐欺ではないというところかな。売買価格が約束通りで、仲介手数料も同額なら、売主としては文句はないはずやから。貧乏くじは四谷不動産だけ、という思い込みがあるから、この取引を先導した四谷不動産の担当者たちも、あんまり罪意識がないんとちゃうかな」

「その通りなんです。この大美野の担当者も、話を聞いてみると〝ずる賢いこと〟とは思っていたが、〝悪いこと〟とは思っていなかったようです。ただこうしてバレたら、当社の社内規則で厳罰必死なわけですから、若い奴らをこんな道に誘い込む畑中さんは本当に罪な人ですよ」

白崎がため息混じりに言った。

「貧乏くじは四谷不動産だけではないです。今回は、登美丘駅前不動産も立派な被害者ですよ！」

珍しく声を荒げた瑛美を見て、おっしゃる通りです、と白崎が改めて申し訳なさそうに頭を下げた。

「それで四谷不動産としては、この件をどう始末するつもりなんや。ここまで真実が暴露されたわけやから、畑中へのけじめは必要やで。あと、その担当者もな」

幸助が核心をついた質問をした。

「そのことで藤堂社長に相談があり、今日こうしてお邪魔させていただいたのです。ここからが今日の本題です」

白崎が改まって姿勢を正し、幸助の顔を見た。幸助もそれに応えるように姿勢を正した。隣の瑛美も真剣な眼差しを白崎に送った。

7

「いい物件を預かることができたので、また話を聞いてほしいんです。ちょっと時間を作ってもらえませんか」

そう電話で言うと、畑中は簡単にアポをくれた。欲に溺れた人間は、本当に愚かなものだと改めて彼は思った。

畑中は至極ご機嫌な口調で、「お前からのその連絡を待ってたで。もちろん時間はなんぼでも作るがな」と笑いが止まらないような声を出して、今日の十四時を指定してきた。

それにしても以前四谷不動産のトップセールスマンだった男が、ずいぶん落ちぶれたものだ。自分が入社した頃は、飛ぶ鳥を落とす勢いで日々数字をこなす、雲の上の存在のような人だったが……。

今では自分で売り物件を探してくる努力もろくにせず、自分や山本のような人間から飛ばし案件を持ち込ませることに躍起になっている、ただの堕落者だ。

　しかしそれならそれで、決して第三者にはバレないように慎重に立ち居振る舞わなければならないのに、今回の脇の甘さはどうだ。こんなレベルの低いリスク管理をしているようでは、そのうち他でもボロを出す可能性が高いと思わざるを得ない。自分と組んでいる取引だけなら、自分がすべてに目を光らせておけば何とかなると考えていたが、山本のような若い連中にまで勝手に声をかけられていたとなると話は別だ。四谷不動産、ひいては世間にバレてしまうのも時間の問題かもしれない。

　不動産の仕事が天職だと感じている彼にとって、今の仕事に唯一不満なことは給与面だけだった。そんな彼の実力と不満に目をつけ、接近してきたのが畑中だ。最初に話を聞いたときは、まったく興味がなかったが、いろいろとシミュレーションをしてみて、これはおいしいかもしれないと思い直した。なにより、世間でいうところの犯罪行為とは一線を画しているると思えることが、彼の決断を後押しした。

　といっても、やる以上はどんな形であれ、負けるつもりは毛頭なかった。ここでいう負けることとは、すなわち四谷不動産にバレることだ。そのために彼はこの取引を行うにあたって、慎重に行動することや自分以外の人間に勝手に声をかけないことを、畑中にしっかりと約束させたはずだったのだが……。

　畑中の裏切り行為を確信した彼は、改めて昨日の喫茶店での山本とのやり取りを思い返していた。

ついにシラを切り通せないと判断した山本は、諦めに似た口調で「どうして分かったんですか」と最後に彼に尋ねてきた。その山本の表情には、売主ともきちんと話ができていて、絶対にバレない自信があったのに、と書いてあるように見えたから、彼は余計に情けなく思った。

こういう不正行為を行うときは、得てしてその自信が仇となることがあるものだ。自信を持つことより、すべてを第三者的な目で俯瞰《ふかん》する冷静さと慎重さを持つことのほうが大事なことなのに、そのことを山本はまったくわかっていないようだった。不正行為を行う者に対しての表現としては適切でないかもしれないが、やはり経験不足の若造だったとしかいいようがなかった。

「レインズや」

彼は一言だけそういうと、冷めてしまったコーヒーを一口啜った。

「あの物件がレインズに登録されたのを見て、すぐに分かった」

山本は唖然とした顔をして、彼を見つめ返していた。

「どうしてそれだけで分かったんですか。専任媒介やから、レインズ登録は誰でもすることなのに」

山本は、まだ分からないという顔をして首を捻った。

不動産業界では、専任媒介を結んだ案件は必ずレインズに登録しなければならないというルールがあるため、そのルールに従っただけと山本は言いたいようだった。コンプライアンスのルールは破っているくせに、こんなところのルールだけはしっかりと守ろうとしているのだから、笑い草もいいところだと彼は思った。

「お前、ここ最近でゴールドハウスエステートがレインズに登録した物件がどれくらいあるのか、ちゃんと調べたんか」

「いや、それは……」

山本は答えに窮した。そんなこと考えもしなかったという顔をしていた。

「そんなことも調べずに、お前は畑中さんにいわれるまま、レインズ登録したんか」

あきれてものも言えない、という顔をして彼はため息交じりに言った。

「専任媒介でしたし、登録しといてくれと畑中さんからも言われていたので……」

「それが甘いっていうんや。ええか。ゴールドハウスエステートでのレインズ登録件数は、ここ一年でたったの二件だけやぞ。それも、今回のお前の物件を含めてな」

彼の話を聞いて、ようやく山本はハッと気付いた。今回の物件も含めて二件しか登録がないということは、それ以外の登録はわずか一件だけということになる。これは小学生の低学年でもわかる簡単な引き算だ。そんなレインズ登録がほぼゼロの会社が、突然専任媒介を謳った新規レインズ登録をしたら、事情を知る人から見ればさぞかし目に付いたことだろう。

「やっと気付いたようやな」彼が低い声を出して言った。「不動産会社なんか全国にごまんとある。ゴールドハウスエステートのように、年に数回しか登録しない会社も珍しくはないやろう。せやからお前は何の疑問も感じへんかったんや。せやけど、よう思い出してみいや。あの畑中さんは、うちにいたとき飛ばし疑惑のあった人やぞ。そんな人が社長をしている会社がいきなり専任媒介の新規登録をしたんや。少なくともうちの会社の人間やったら、本当にちゃんと営業したのかどうか、疑問を持つに決まっとるやろが」

彼の筋の通った話に、山本はぐうの音も出ないという顔をして、いつまでもため息をついていた。そして最後にぼそりと彼にこう訊いた。

「俺、クビですか？」

8

「この大美野の担当者は山本というんですが、やる気も実力もある前途有望な若手の旗頭的存在の人間なんです。少し天狗になっていたところもあって、今回は畑中さんからの誘惑に負けてしまいましたが、幸いその物件がまだ売れていないため、手数料もまだ懐に入れていません。今は本当に反省もしていますし、他に調べたところ、余罪もありませんでした。実は今回の件は、僕が内々に調査をして突き止めた状態でして、まだ会社には報告していないのです。だからできたらこのまま穏便に終わらせて、山本の履歴に傷がつかないようにしてやりたいのですが……」

白崎は悩み抜いて出した結論を、幸助の目を見ながら恐る恐るいった。

「もともと今回の一件を突き止めることができたのは、藤堂社長からの情報提供のおかげですから、こんな厚かましいお願いをするのは心苦しいのですが、なんとかご理解いただけないかと……」

深々と首を垂れる白崎に、幸助は慌てて手を振った。

「白ちゃんやめてや、そんなこと。白ちゃんの部下思いのことは知ってるし、そもそもうちはその物件に関して、四谷不動産に営業で負けていたわけやから。そんなうちが、四谷不動産内部の判断に口を挟む権利なんて何もないがな。あえて言わせてもらうとしたら、この情報提供の真の功労者はこの鹿谷さんやから、そこんとこだけ理解しといてもろたら、あとは何もないよ。なあ鹿谷さん、それでええな」

「もちろんです」

幸助に話を振られて、瑛美も恐縮して答えた。

「ありがとうございます、社長。そして鹿谷さん。そう言っていただけると、本当に助かります。実は今、その山本を難波駅で待機させているんですよ。藤堂社長と鹿谷さんさえよろしければ、今からここへ呼んで、今回の件を本人から直接お詫びさせたいと考えているのですが、よろしいですか」

白崎が携帯電話を取り出し、かける仕草をしながら言った。

「そんな、大袈裟な」

幸助は苦笑して言ったが、「いいえ、これはけじめですし、彼本人の意思でもありますから」と白崎は神妙な顔をしてそう言うと、「ちょっと失礼します」と言ってスマートフォンのプッシュボタンを押しながら店の外に出た。幸助は瑛美の顔を見ながら、肩をすくめる仕草をして白崎の戻りを待った。

「五分後の難波発の急行に乗るそうですから、十四時くらいには到着するでしょう」

白崎はそう言って、腕時計を見ながらソファに戻ってきた。

「ところで、ゴールドハウスエステートの畑中のほうは、どうするつもりなんや。このまま放っておくと、また次の犠牲者が出るおそれもあるで。いやそれよりも、今回の件を畑中から四谷不動産にバラされでもしたら、白ちゃんの立場もヤバなるんとちゃうんか」

幸助は白崎の立場を心配して訊いた。今回の白崎の立ち回りが万一会社にバレたら、白崎も処分の対象になる可能性は大いにある。

「そこは畑中さんとの交渉ですね。とりあえず山本にアポを取らせて、そのときに僕が一緒に行って話をつけてこようと思っています。そしてこちらも公にはしないから、そちらももう手を引いて欲しいと交渉するつもりです」

「それは危険と違うか。畑中という奴は、話を聞く限りかなり老獪なようやから、逆に白ちゃんが足元をすくわれへんか心配や」

「ご心配していただけるのはありがたいですが、本当に大丈夫ですよ。向こうもこのことが公になったら、うちの会社の怒りを買って、もう商売どころではなくなることもわかっているでしょう。そこまでアホな人やないですよ、畑中さんは。それよりこれを機に、あの人にもまっとうになってほしいんですよね。本当に実力はある人なんですから」

自信満々にそういう白崎を見て、これは大丈夫かなと思う部分と、そんなに簡単に答えを出していいのかと思う不安な部分が、幸助の頭の中で入り混じった。

不安に対してはもちろん考えすぎの可能性もあった。しかし今回はその不安の部分がより大きく感じられ、嫌な予感がするのだった。

「白ちゃん、部下や畑中の今後のことを考えてあげるのはもちろん結構やけど、一番大事なのは白ちゃん自身の今後やで。ミイラ取りがミイラになったらあかんのや。ここはもう少し慎重に考えてから動こう。さっき俺と鹿谷さんに、今回のまとめかたの許可を取ってくれたよな。今、その答えを改めて言わせてもらうわ。一人で勝手に動かん約束をしてくれ。お互いに意見を出し合って、結論はじっくり出そうやないか。いいね、白ちゃん」

幸助の強い口調に、さすがに白崎も反論することなく、むしろ感謝の眼差しを見せて頷いた。

「そもそも畑中が四谷不動産内で声を掛けた相手は、ほんまにその山本君一人だけなんか。もし他におったら、この話は根本から崩れるぞ」

幸助が一番基本的なことを確認した。

「僕が調べた限りでは、本当に彼一人ですね。以前畑中さんに疑惑が生じたときもそうやったんですけど、飛ばし決済に手を染めると、その人間の成績は明らかに落ちるんですよ。決まりそうな案件を計上せずに他社へ持っていくのですから、当然といえば当然ですよね。畑中さんの場合、辞める直前の半年間の成績は、その前年同時期の三割減の数字でしたから。その観点で、畑中さんと一緒に働いた経験のある人間を片っ端から調べましたが、畑中さんが独立して以降、極端に成績を落としている営業マンは誰一人いませんでした。個人成績は常に社内のパソコンで確認できますから、これは間違いないです」

幸助の問いに、白崎は自信たっぷりに答えた。

「でも今回の山本君は見抜けてなかったやんか」

幸助が当然の疑問を言った。

「それは山本が初めての飛ばし取引やったからですよ。この山本のように、まだどっぷりと畑中さんに毒されていないのであれば、仮に第二の山本がいたとしても心配ないです。面倒なのはもう何度も取引経験のある奴がいた場合でして、それは先ほど説明した通りいないと思われますので」

「まあ、そこまで白ちゃんが言い切るなら間違いないんやろうけど、そういう調査を織り込んだうえで、さらに上をいく悪い奴もおるんとちゃうやろか……」

幸助は、何を言っても自信満々に切り返してくる白崎の態度が逆に引っ掛かったが、それ以上反対しても堂々巡りになるだけのような気がして、さすがに言葉をつぐんだ。

その幸助の様子を見た白崎は「まだ不安ですか」と苦笑しながら、「最終的には畑中さんと話をするときに、もちろんそこのところもきちんと確認しますから」と幸助を安心させるような口調で続けた。

そのときお店の扉が開いて、紺のスーツを着た若い男性が緊張した面持ちで店内に入ってきた。

「おう、来たか。藤堂社長、鹿谷さん、紹介します。彼が山本です」

白崎からそう紹介された男性は、「初めまして、山本彰と申します」といって、固い動きでぺこりと頭を下げた。まるでこれから裁判を受ける被告人のような、顔面蒼白の表情をしていた。

（こんな若い子を悪の道に誘導するとは……）

幸助は自分の息子と変わらない年齢の山本の落ち込む姿を見て、改めて畑中という人間に怒りを覚えた。

9

難波駅から南海電車に乗って浜寺公園駅へ向かう途中、彼の頭の中には、四谷不動産の面接シーンから初商いのシーン、そして成績優秀で社内表彰されたシーンなどの、数々の思い出のシーンが浮かんでいた。社内表彰されたときは、「この会社に勤めてよかった」と誇らしい気持ちになったものだ。

しかし、成績を上げれば上げるほど、給与面の不満が募るようになった。歩合給というものもあるにはあったが、自分の上げた数字からするとこんなものではない、という思いが日々強くなっていったのだ。

しかし人付き合いが苦手だった彼は、同僚と飲みに行くことなどほとんどなく、たまに開催された課の食事会でも、皆との会話にはほとんど加わらなかったため、この手の愚痴や不満を他人に漏らしたことはほぼなかった。はっきりと記憶している一度だけを除いて。

あれは二年前の忘年会の席だったか。営業成績は優秀なのに社内では口数が少なく、人付き合いもあまりしない彼のことを心配してか、一人の上司が付きっきりで彼に杯を重ねてきたことがあった。

「あれだけの数字を毎月上げているんや。人知れない悩みやストレスもあるんと違うか。少しは吐き出す機会を設けとかんと、身体がもたんぞ」

彼にとってはありがた迷惑の会話だったが、自分のことを本気で心配してくれているようだったので、むげに断ることもできず、しばらく酌に付き合っていた。すると、酒の力か自分でも不思議なくらい饒舌になってしまい、思わず給与面の不満をこぼしてしまったのである。後にも先にも、彼が仕事の愚痴を他人に漏らしたのは、あのときだけだった。

そしてあのときの上司が、その後も彼のこの不満を覚えているのか、あるいは他の誰かにこのことを話したのかは、定かでない。

ただ、畑中から今回の件で電話があったのは、その忘年会があった後の年明け早々のことだった。偶然にしては出来過ぎのような気がしたので、畑中にその上司から何か聞いたのかと問いただしたが、「成績の良いお前に前から目をつけていた」と言われただけだった。もちろん、その上司から畑中の名前が出たことも一度もなかった。

彼は、もしあの上司が一枚噛んでいて、その謝礼として畑中からいくらかのバックが出ていたとしても、それはそれでいいと思っていた。そして、そのことをそれ以上追求するつもりもなかった。畑中との出会いが彼の不満を解消してくれる一助になったことだけは事実だったのだから。

堺駅で難波から乗ってきた急行を降りて、普通電車に乗り換えた。急行では座れなかったが、普通電車は空席がたくさんあったので、彼はロングシートの中央部分にゆっくりと腰掛けた。そして畑中と初めて会ったときのことを改めて思い出していた。

畑中から電話をもらったあと、実際に会って食事をしながら〝飛ばし決済〟のことを振られたのは、それから約二週間後の昨年一月末のことだった。

ミナミにある有名なステーキ専門店に呼ばれ、神戸牛のサーロインステーキの肉を切りながらその話を聞いたとき、最初に彼の頭の中をよぎった感情は「面白そう」だった。

「君の営業成績を調べさせてもらったけど、素晴らしいの一言や。せやけど、これだけの成績を上げながら、たいした給料はもらってないやろう。俺もあの会社におったから分かるんや。あそこはできる人間にとっては、けっして環境がいいとはいえない会社や。まあ、あの会社の限界やろうな」

　社外の畑中が営業成績をどうやって調べたのかという彼の疑問には答えず、畑中はやたらと「あの会社の限界」というフレーズを連発して、彼を誘ってきた。「俺と組んだら、今の三倍は稼がしたる」という大風呂敷を広げながら。

「考える時間がほしい」とその場では言いつつも、「やりましょう」という返事をするまでにあまり時間はかからなかった。

　そして昨年の春、初めて畑中に案件を持ち込んで稼がせてもらったことを皮切りに、その後もたびたび畑中と組んで、飛ばし決済を行うようになっていったのである。

　ただ彼は、この飛ばし決済を確実に成功させるため、本来の四谷不動産としての仲介営業もきちんと行うことを心がけていた。自らの努力で積み重ねてきた営業力をフルに活かし、同時期に複数の預かり案件ができる時期だけを狙って、自分の成績は落とさないように、細心の注意を払って畑中に案件を回していたのである。

　我ながら見事な完全犯罪と思っていた。しかし、完全犯罪を本当の意味で完璧に終わらせるためには、自分一人が気をつけていればいいというものではなかった。組んでいる畑中にも、同じくらい注意深くしてもらわなければならないことは、言うまでもないことだった。

　そのために彼は、この取引を始めるにあたって、慎重に行動することや自分以外の人間に勝手に声をかけないことを畑中に約束させていたのだ。

　ところが蓋を開けてみたら……。

次の案件はいつかと常に詰めてくるし、簡単に案件を出さなければ、今度は他の人間をいとも簡単に連れてくるという、超愚策の行動に出た。彼との約束などあってないような、信じられない脇の甘さであった。彼からすると、あまりにレベルが低すぎる行動で、話にならなかった。

電車内のアナウンスが「次は浜寺公園です。阪堺線は乗り換えです」とコールしたとき、これらの約束したときの畑中のすました顔を思い出し、彼の腹立たしさの興奮度はマックスに達していた。

10

「ご迷惑をおかけして、本当に申し訳ありませんでした」

山本は直立不動の姿勢で、幸助と瑛美に深々と頭を下げた。

「藤堂社長からは今回の件は公にしないとお約束いただいた。俺も最初にお前に約束した通り、社内的にこれ以上騒ぎを大きくするつもりはない。まだお金を受け取ったわけではないからな。その代わり、もう二度とこんなことはしないと、ここにいる皆さんの前で約束するんや」

白崎の言葉に、山本は顔を紅潮させながら何度も「約束します。ありがとうございます」

と言って、しばらく頭を上げなかった。

「まあまあ、うちは山本君の営業力に負けたわけやから、謝られる道理なんてまったくないよ。それより君のその反省と謝罪の気持ちは、売主さんにきちんと持ってあげてほしいな」

幸助は潔く謝る前途有望なこの若者に、励ます言葉をかけた。

「もちろんそうします。ただ……」

ようやく頭を上げた山本は、まだ難しい顔を崩すことなく言葉を続けた。

「今回こうして皆さんに許していただいた件を、畑中さんがどう受け取りはるのかが、やはり気掛かりではあります。私が裏切ったと判断したら、平気で被害者面して売主さんやうちの会社に、逆に訴え出てくるような気もしますし……。そんなことされたら、私は自業自得ですが、課長にはご迷惑かけますよね……」

少し緊張が溶けたような表情を見せつつ、山本は現在心の中にある不安を正直に吐露した。

「そのことなら、俺が責任を持って話をつけてくるから心配するな。あの人も公にされたら困る立場のはずやし、筋道立てて話せばわかってくれるやろう。元々は仲間同士の関係やし、あの人にも理性は残っているはずや」

白崎の自信満々の言葉を聞いて、幸助の頭にはまた不安がよぎった。

「この事実を知ってる人間が、ここにいる人間以外では、ほんまに畑中だけなんやったら、白ちゃんのいう通りになるかもしれへんけど、四谷不動産内では実際どうなんや。知っている人間は、ほんまに白ちゃんと山本君だけなんか。他に知っている人間がいて、そいつに暴露されたら、白ちゃんの立場は最悪になるぞ」

幸助は、どうしても頭から離れない不安を払拭すべく、もう一度白崎に念を押した。

「大丈夫です。僕の調査力を少しは信じてください」

「じゃあ聞くけど、白ちゃんはどうやって今回の山本君の飛ばしを見抜いたんや。そして白ちゃんと同じ方法で気づいた者が他におらんという根拠は？」

「今回僕が山本の飛ばしを見抜けた最大の理由は、疑わしい物件情報が先にあったからですよ。藤堂社長と鹿谷さんのお陰でね。藤堂社長からのお話と専任媒介を結んでいたゴールドハウスエステートという社名で、まずあの物件の飛ばし疑惑が固まりました。後はその物件を誰が追っかけていたかを調べて、山本に行き当たったというわけです。このやり方は、あの物件が飛ばし疑惑であるということを前提にしないと絶対に見抜けない方法ですから、僕以外の人間がこの答えにたどり着くことはまず無理でしょう」

白崎は断じるようにいうと、どうですかと言わんばかりに改めて自信満々の表情で幸助を見た。幸助は何も言わずに腕を組んで聞いていた。

するとそれまで黙って聞いていた山本が、眉間に皺を寄せて口を開いた。

「高垣さんは知っていましたけど」

「えっ高垣が？」

それまで冷静だった白崎が、初めて意外そうな反応を見せた。

「白ちゃん、その高垣というのは誰や」

すかさず幸助が聞いた。

「高垣は難波支店営業第一課の課長代理で、僕の直属の部下です。まじめが取り柄で、コツコツと仕事をして結果を出すことに長け、先月も全国一位の成績を取った非常に優秀な男ですが……。山本、高垣が知っていたというのは、どういうことや」

白崎が、意味がわからない、という表情で、山本のほうに向き直って訊いた。

「昨日、ゴールドーハウスエステートの物件資料を見せられて、ずばり、お前飛ばしをしたやろう、と言われましたから。白崎課長から事情聴取を受ける一時間くらい前です」

山本も、白崎が知らなかったことが意外、という態度で言った。

「昨日の勤務終了前にも高垣と顔を合わせたが、そんなことは露ほどにも態度に出さなかったし、もちろん報告もなかった……」

「明日、つまり今日ですね、畑中社長と話をしてくると言っていましたから、てっきり課長と一緒に内偵を進めていて、今も課長と並行して動いておられるとばかり思っていましたが……」

「今日畑中と話をするやって⁉」

山本の話に、幸助と白崎は同時に大きな声を出した。

「それで、別れ際に高垣はお前に何というたんや」

「この件は俺に任せてお前はもう手を引けと。そして後始末はきっちりしたるから、お前は絶対に誰にも口外するな、とも言われました」

「でもその後白ちゃんから同じことで詰められたんやろ。せやのに、何でそのとき白ちゃんに、そいつとの会話のことを言わんかったんや。そいつ以外の者、すなわち白ちゃんも知ってたわけやから、もう黙っとく意味はないと思わんかったんか？」

幸助の当然の質問に、白崎と瑛美も頷いていた。

「言おうと思ったんですけど、なんか言いそびれたんですよね。なんか話の流れで……。そういえば何で言わなかったんやろう？」

もちろん笑いをとるためではないだろうが、山本が一人突っ込みで首を傾げた。

「もう終わったことはええわ。それより、高垣が山本の飛ばしに気付いたのに、その後俺にも相談せんと畑中さんに会いに行くということは……」

山本の頼りない自問自答に、白崎が言葉を挟んで幸助を見た。

「その高垣という奴も、畑中と組んで飛ばし決済をやっていた可能性が高いということやろな。そして……」

幸助が確信した顔をして言葉を続けた。

「自分以外の山本君にも声をかけていた事実を畑中に問いただしに行った、というところか」

幸助の推理に、白崎も大きく頷いた。

「山本、高垣は今日畑中さんのところへ何時頃行くと言ってた？」

「ちょうど今行ってるんとちゃいますか。さっき難波駅で待機しているとき、本線のホームのほうに向かって歩いていく高垣さんを見ましたから」

幸助と白崎は、咄嗟にそれぞれ自分の腕時計を見た。

「時間的に、まさしく今会うてるところのようやな。白ちゃん、この際その現場は押さえといたほうがええんとちゃうか」

「迷っている時間はないようですね。藤堂社長、車を出してもらってもいいですか」

「もちろんや。ここからやと車で三十分くらいやから、多分まだそこに居てる時間に着くやろう。すぐに済む話のようではなさそうやからな」

幸助と白崎はほぼ同時に立ち上がった。

「僕も連れて行ってください」

山本も立ち上がって、二人にお願いした。

白崎が「どうしましょうか」という目で幸助を見た。

「よし、一緒に行こう。畑中に君を直接会わせるかどうかは、向こうに行ってから考える。それより今は、その高垣という奴をその場で押さえるのが先や。そいつに暴走されたら、白ちゃんの描いている計画は全部パァーやぞ」

慌ただしく立ち上がった幸助は、隣の瑛美を見た。

「乗り掛かった舟や。鹿谷さんも一緒に行くか」

「連れていっていただけるのなら、もちろん行きます」

毅然と立ち上がった瑛美を見て、幸助は頼もしそうに頷いた。

11

電車を降りたときに腕時計で時刻を確認すると十三時半だった。浜寺公園駅からゴールドハウスエステートまでは、歩いて十分程の距離だ。約束の十四時には少し早いが、どうせ畑中は待ちきれずにそわそわしていることだろう。次に得られるであろう利益を頭の中で計算しながら。捕らぬ狸の、の諺ではないが、そういえば風貌も狸そっくりだと思い、高垣は思わず一人笑いをした。

やがて前方に、ゴールドハウスエステートの黄色の看板が見えてきた。そこで少し立ち止まった高垣は、右の内ポケットに左手を入れて用意してきたICレコーダーを取り出すと、スイッチをオンにした。平気で約束を破る信用のできない男と話をするには、こちらもそれ相応の準備をしてかからないといけないことを高垣は学んでいた。

お店の扉を開けると、ヘビースモーカーの畑中がうまそうにタバコを燻らせて座っていた。店内にはタバコの煙がもうもうと立ち込めており、タバコを吸わない高垣は思わずむせた。

「先輩、接客業で喫煙し放題は、もう時代遅れではないですか。こんなことをしていたら、来るお客も来なくなりますよ」

今まで遠慮して言えなかったことが、ストレートに口について出た。腹を決めるとは、なんと気持ちの良いことなんだろうと高垣は思った。

「ほう、お前が俺に説教とは、ずいぶんえらくなったと勘違いしているようやな」

トレードマークともいえる、にやけた表情をしながら、畑中も悪態をついてきた。

「余計なことは言わんでええから、早く物件の概要を教えろ。売主にはちゃんと話がついているんやろうな」

短気な畑中の口調が、徐々に乱暴になった。しかし高垣はまったく意に介すことなく、自分のペースで話を続けた。

「それなんですがね。今回は概要をお伝えする前に一つお願いがあります。手数料の分配率を、今回から五割にしてもらいたいんです。両手仲介のおいしい案件なんで」

そこまで高垣が言ったとき、さすがに畑中のタバコを吸っている手が止まった。

「お前、今日はえらい強気やないか」

怒りで声が心なしか震えているように、高垣には聞こえた。

それもそうだろう。手数料率の交渉は、互いのメンツとメンツのぶつかり合いといっていい問題だ。畑中から見れば、年下の若造から手数料を上げろと言われることは、ある意味メンツ丸つぶれということになりかねなかった。

しかし、高垣にも言い分はあった。これまでの配分は、畑中が六割で高垣が四割と最初から一方的に決められていたのだが、貴重な情報を提供しているのは自分であるという自負はやはりあったのである。多めにくれとは言わないが、せめて半々が妥当な取引だろうとはずっと思っていた。今回、約束を破った代償に手数料率の交渉をすることは、高垣にとっては自然な流れだった。

「先輩、うちの山本にも声をかけていたでしょう。それは僕との約束違反ですよね」

「……」

「何故分かった、みたいな顔をしていますけど、物事を冷静に判断できる僕みたいな人間なら分かるんですよ。だから、言ってるんです。僕だけを信じて、僕だけに任せてくださいと。お分かりいただけたら、改めてここで僕と約束してください。慎重に行動することと、僕以外の人間に勝手に声をかけないこと。そして、これからの取引の手数料率を五割にすることを」

「貴様……」

タバコをもみ消した畑中は、とうとう怒りに体を震わせて立ち上がった。

「こんなことを言う僕のことが憎いんやったら、もう金輪際取引を止めてもいいんですよ。ただそうすると困るのは先輩のほうでしょう」

畑中に負けず劣らずの不気味な笑顔で、高垣は憎まれ口を叩き続けた。畑中は痛いところをつかれた思いで、苦虫を噛み潰したような顔をして、高垣を睨んだ。

そのときだった。高垣の背後で入り口の扉が開く気配がした。来店客があったようだ。さすがに第三者がいる前で続けるような話ではないため、高垣は「ちっ」と舌打ちしながら右側の壁に体を寄せて入り口を見た。そして、見覚えのある人物を視界に入れると、一瞬体がひるんだ。

「白崎課長……、何の用でこちらへ……？」

高垣は視界で捉えた白崎が自分に向かってきたため、かろうじてそう言葉を吐いたが、彼が何のためにここへ来たのかは、まだ理解できていなかった。見ると畑中も唖然としている。どうやら畑中が呼んだわけでもなさそうだった。

すると白崎から「高垣」と落ち着いた声で呼ばれたため、ここに高垣がいることを驚いていないと悟ったことで、ようやくすべてを理解した高垣は、ふっと一つ息を吐いた。

「お前もこの畑中さんの毒に侵されていたんやな。見抜けんかった俺のミスや。さあ、もうやめとけ。これ以上、罪の上乗せをするんやない。畑中さんももう観念してもらいましょうか。言い逃れをするには、証拠が挙がりすぎてます」

白崎は、自分の後ろから幸助や瑛美と一緒に入ってきた山本を振り返りながら、もう一度高垣と畑中を見た。

山本の姿を確認した畑中もすべてを悟ったように我に返ると、改めて煙草に火をつける余裕を見せたが、高垣の呼吸はまだ整うところまでは戻っていなかった。

12

難波中にある割烹料亭の入り口に立ち、幸助が瑛美を伴って扉を開けると、白崎と山本はもう座敷席についていた。

「あっ、お疲れ様です、藤堂社長。鹿谷さんも、遠いところをありがとうございます」

入り口まで迎えに出た白崎と山本が、座敷席まで二人を案内した。

一連の事件が無事解決したため、今日は白崎が慰労と謝罪の意を込めて、幸助と瑛美を会食に招待してくれていたのだった。

「それにしても俺は今回の一件で、ちょっと四谷不動産を見直したなあ。大手でこの采配はなかなかでけへんで」

みんなで乾杯をしたあと、幸助がしみじみと白崎に言った。会社に報告せずに勝手に動いていた白崎は、結果的に事件が明るみに出たため、責任を取らされる覚悟をしていたが、何のお咎めもなかったのである。また、山本も最終的にお金を受け取っていなかったということで、口頭注意のみで終わっていた。

「僕が一番驚いています。結局山本もお咎めなかったし、罪は全部畑中さんと高垣が背負ってくれた形ですね。高垣に関しては、もう少しなんとかしてあげられなかったのかと、いまだに反省と後悔の念が先に立っていますが」

「どこまでいっても、その部下思いの白ちゃんの姿勢を会社は高く評価してくれたんやろうな。いや、本当によかった」

「でも、今回の一件は、登美丘駅前不動産さまさまですよ。特に、飛ばし疑惑を見抜いてくれた鹿谷さんには、山本も僕も一生頭が上がりません」

白崎が改めて、そう瑛美に頭を下げると、「本当にその通りです。鹿谷さんがおられなければ、僕はもっと深みにハマっていたところでした。このご恩は一生忘れません」と山本も瑛美に深々と頭を下げた。

「そんな、やめてください。大袈裟ですよ。たまたま私が担当していた物件でしたので、ちょっと気になって社長に伝えただけですから。むしろ私の些細な言葉から、迅速に動いてくれた社長の行動力がすべてです」

瑛美が照れたように、顔を赤くして首を振った。

「その社長をたてる姿勢がまたいいですね。山本、お前も少し見習え」

白崎の茶化しに、山本が頭をかきながら真顔で頷き、場に笑いが起こった。

「それで、畑中と高垣の今後は、どうなるんや?」

幸助が一番気になるところを白崎に聞いた。あの日、現場に踏み込んだ幸助と白崎は、取り押さえた二人の処遇をさすがに内々に処理することもできず、とりあえず四谷不動産の難波支店に連れて行った。そして、白崎と山本のことも含めて、処分の仕方をすべて四谷不動産に委ねることにしていたのだった。

「四谷不動産としては、被害金額も少額でしたし、二人には告訴しない方針で決まりました。高垣の依願退職はやむを得ませんが、懲戒免職や前科という最悪の処分は避けられた格好です。あいつのことやから、この処分に恩を感じて、また立ち直ってくれるでしょう。畑中さんも宅建免許取消しは逃れたので、とりあえず営業は続けられることになりました。ただ、これからはよほど身を粉にして働かないと、うちから失った信用は大きいでしょうがね」

「まあ、二人とも自業自得やから、多少の痛みが伴うのはしょうがないな。前科がつかんかっただけでも、四谷不動産に一生感謝せなあかんわ。いや本当に大した采配や」

幸助が感心したように、改めて何度も頷いた。

「ところで、あの高垣という人は、どうして大美野の物件に気付いたんでしょう」

瑛美が誰に聞くともなく疑問を口にした。白崎は登美丘駅前不動産からの情報で気付けたが、高垣にはその情報はなかったはずだ。

「めったにレインズ登録しない畑中さんの会社が、珍しく専任で登録されたので気付いたそうです。僕が何も考えないで、畑中さんに言われるまま登録を手伝ったものですから」

山本が申し訳なさそうな顔をして答えた。

「もともと高垣自身が畑中さんと組んでいましたからね。ゴールドハウスエステートの新規レインズ登録に、日々目を光らせていたことは想像に難くありません」

白崎が山本の後を受けて補足した。

「では、高垣さん自身は今までどうしていたのですか？」

「彼はもちろんレインズ登録はしていなかったようです。それどころか他の媒体も含めて広告を一切することなく、買主もすべて自分で見つけていました。完璧な手口ですし、よほど営業力がないとできない行動ですね」

白崎の説明に、瑛美は思わず「凄い」と感嘆の声をあげた後、「でもそこまで実力があるなら、最初から自分で独立してやればいいのに」と当たり前の感想をいった。

「いやそこが高垣という男の、ある意味ずる賢いところかな。ずるいことをした人間の肩を持つわけやないけど、彼は四谷不動産という大手の肩書の重さを知っていたんや。個人の努力や営業力だけではどうしてもカバーできない、大手肩書の真の重さをな。それは、鹿谷さんも身に染みて分かるやろ」

幸助にそう言われて、瑛美は神妙な顔で頷いた。売手の萩原貴子の息子から言われた、「信用と実績のある大手にすべき」という言葉が頭に浮かんだ。

「まあまあ、堅い話はそれくらにして、今日はこれからの明るい話題でいきましょう。大手も中小も一長一短ありますよ。そこを我々がお互いにカバーし合って、今よりもっと良い関係を築いていきましょう」

白崎はそう言って、改めてグラスを掲げた。幸助、瑛美、山本もそれに倣ってグラスを掲げた。それを皮切りに、見事な器に盛られたお店自慢の割烹料理が机に並び始めた。

13

「手当たり次第に声をかけることが、いかにリスクがあるか、さすがに分かってくれたでしょう」

ゴールドハウスエステートの事務所内に、勝ち誇ったような低い声が響いた。

「分かった、分かった。お前の言ってたことが正しかったことはすべて認める。だからその偉そうな口調だけは、もうやめてくれ」

苦虫を噛み潰したような顔をした畑中が、恰幅の良い体をゆするようにして、不機嫌そうに煙草に火をつけると、煙を吐き出しながら言った。

「今回、先輩のやらかした尻拭いに、どれだけの労力を使ったと思ってるんですか。もうくだらない感情は捨てて、いい加減先輩も大人になってくださいよ」

畑中がさらに不機嫌になることを承知の上で、勝ち誇っている男は歯に衣着せぬ言葉を続けた。今回の一連の流れで二人の関係は完全に自分が上になった、と言わんばかりの勝利宣言に等しい発言だった。

「それにしても、高垣のことも前から知っとったのに、こういうときのために知らんふりしてたとは」

「直属の部下ですからね。少しでも変化があれば、すぐに分かりますよ」

「山本は何で見逃さんかったんや」

「まあ、主な理由は三つですかね。一つは、畑中先輩への警告ですよ。本当に先輩は後先考えずにすぐ調子に乗る人やから。山本も知らんふりしたら、第二第三の山本を絶対に先輩は作るでしょう。そうなったらこの取引の破綻は目に見えています」

「ふん。相変わらず言いたい放題やのう」

つい今しがた消したばかりの煙草の残り煙がまだ灰皿でくすぶっているにも関わらず、畑中はもう次の煙草に火をつけて、汚いものでも見るような目つきで相手の男を見た。

「理由の二つ目は、高垣と山本との実力の違いですね。何も考えずにレインズ登録する奴ですから、危なっかしくて見ていられませんでした。このまま放っといたら、取り返しのつかないミスをしかねないと思いましたね。そして三つ目の理由は……」

相手の男はそこまで言って、やや焦らすように言いかけた言葉を飲み込んだ。

「やっぱり高垣も目障りやった……やろ」

畑中がその飲み込んだ言葉を予想してそう言うと、相手の男はニヤリとした。

「目障りとまでは言いませんけどね。まあこの機会に、やっぱり俺一人にしといてもらおうかな、というところですかね」

「四谷不動産のこの幕引きの仕方も計算通りやったと言うんか。危うく俺は免許取消の憂き目に遭うとこやったんやぞ」

「こう見えても、俺はあの支店で結構力あるんですよ。藤堂さんの手前上、会社にあげたように見せただけで、実は支店内で揉み消してます。もちろん出世欲の強い支店長公認でね」

そこまで自信満々に語ったときだった。その男の内ポケットに入っているスマホが、いつもとは少し違う甲高い音で鳴った。聞き慣れているはずの着信音に違和感を覚えたその男は、一瞬身構えてスマホを取り出した。着信画面には「藤堂幸助」と表示されていた。

「藤堂社長、どうされました？」

なぜこのタイミングでこの人からかかってくるのかと不審に思いつつ、いつもの調子で電話に出ようとしたが、焦りが勝って思わず声が上擦った。

「もう、その辺でやめとけ……」

電話口から聞こえてきた幸助の声は、明らかにいつもとトーンが違った。そして続けて言われた一言に、その男は息を呑んだ。

「犯罪の大ボス気取りはもうやめるんや、白ちゃん……」

「……」

どこまでを知った上でこの言葉を発しているのか考えあぐねて、声を発せないでいると、やがて畑中の後ろにあるプライベート空間に通じる扉が開き、その電話の相手が顔を出した。

「藤堂社長……。どうしてここに……」

偶然にも自分が乗り込んだときの高垣と同じセリフを呟いていた。いつも自信満々の白崎が、初めて青白い顔を見せた瞬間だった。

14

スマホを耳にあてながら入ってきた幸助の後ろからは、右手でスマホを掲げながらついてきている瑛美の姿も確認できた。そして扉の閉まる音が、目の前にいる畑中の携帯から聞こえた気がした。

「そういうことですか……。だから着信の音がいつもと違ったんや……」

白崎は着信音が鳴ったときからの一連の違和感をようやく理解すると、納得したような落ち着いた声を出した。

「すまんな、白崎。お前との会話中、俺の携帯はそこにいる鹿谷さんの携帯とずっと繋がってたんや」

畑中が通話中の表示になっている自らの携帯画面を白崎に見せながら言った。

「そういうことや、白ちゃん。さっきまでの会話は、このスマホを通じて全部聞かせてもらったよ。そして俺のスマホで録音もさせてもらった」

幸助は白崎にかけていた自分のスマホを切ると、瑛美の未だ通話中表示の彼女のスマホを指差し、固い表情のまま言った。

「僕の携帯が鳴ったとき、通知音がいつもより大きく聞こえたんですよ。扉越しにあった鹿谷さんの携帯からの音とハモったからでしょうね。ということは、もっと注意を払っていれば、先輩との会話中でも少しは違いがあったはずやのに……。気付かんかったなあ。僕もまだまだですね」

自嘲するように言う白崎を、幸助は悲しむような目で見た。

「仮にそこまでの注意深さが備わっていれば、それはどこの世界に行っても通用する、もの凄い力やで。そして白ちゃんには、その力とほぼ変わらない凄さが備わっているのに……。

何でその凄い力をこんなことにしか使われへんかったんや」

「藤堂社長、それは僕のことを買い被りすぎです」

白崎はすべての真相が暴露されたことに焦る様子もなく、いたって平穏な口調で幸助を見た。

「それより、どうして僕が怪しいと分かったんですか？」

「白ちゃんが山本君と話をしたとき、山本君は既に高垣君から詰められた後やったのに、なんでそのことを白ちゃんに言わんかったんかが、俺はどうしても引っ掛かったんや。山本君に聞いても、言われてみれば、と不思議そうな顔してたしな」

白崎は幸助をじっと見つめて、微動だにせず聞いていた。

「だから俺は改めて山本君と会って、白ちゃんとの面談のときの様子を詳しく聞いたんや」

幸助は淡々と説明を続けた。

「普通の流れやったら、山本君は絶対に言うてたはずなんや。白ちゃんに高垣君とのやり取りのことをな。わずか数時間前の出来事なんやで。また万が一彼が言ってなかったとしても、既にバレたと覚悟している山本君の姿を見たら、その態度で白ちゃんなら気付くはずやとも思った。もう既に他の者にも詰められていたということを」

一度言葉を切った幸助は、白崎を見た。白崎は身じろぎもしなかった。

「せやのに山本君は白ちゃんに言わんかったし、白ちゃんも気付かなかった。であれば答えは一つしかないやろ。白ちゃんは既に知っていて、山本君には言わせないようにした、という結論しか」

面談では常に白崎がしゃべり、山本は聞かれたことに答えた以外、ほとんど言葉を発するチャンスがなかったという。自分が詰められている立場だったので、とにかく早くその場から解放されたくて、その流れにまったく違和感を覚えることもなかったようだ。幸助はその山本の話を聞いたとき、見事に白崎に誘導尋問されたと感じた。

「そして、そう結論付けることによって、それまで俺の胸の中でもやもやしてたことも、すべて納得がいったんや。他の人間は誰も知らないという妙に自信満々の白ちゃんの姿とか、四谷不動産の今回の関係者に対する甘い処分の方法とか……」

幸助の話す一言一言をじっと聞いていた白崎は、やがて徐《おもむろ》に口を開いた。

「警察に自首したらいいですか」

決して開き直っているのではなく、自然とそういう言葉が白崎の口から出たようだった。そしてその表情は、とてもホッとしているようにも見えた。少なくとも幸助にはそう感じた。

「この疑惑に最初に取り組んだときに言ったやろ。これはずる賢いやり方やけど、犯罪ではないってな。やられた四谷不動産はたまらんやろうけど」

幸助は白崎の目を見て、笑って言った。

「俺も鹿谷さんの努力が絡んでたから真実解明に少し躍起になったけど、きれいごとばかりでは世の中立ち行かないことも知りすぎるほど知ってるよ。それと、なぜ白ちゃんがこんなことに手を染めたのかの理由も、な」

幸助の最後の一言に、白崎が少し驚いて幸助を見た。

15

山本と話をした日の夕方、幸助は瑛美を連れてゴールドハウスエステートに畑中も訪ねていた。白崎への疑惑が深まれば深まるほど、畑中への疑惑も改めて生まれたからだった。白崎が本ボシであるとすると、高垣と畑中の取引現場を押さえたときのやり取りは、まわりの目をごまかすための、白崎の芝居だったということになる。そして、これが芝居だとすれば、絶対に協力者でなければならない人間がいる。それが畑中だった。この取り押さえ劇を踏み台に、今後も白崎と取引を続ける相手なのだから。

アポもなく突然やって来た幸助の訪問を受けた畑中は、意外なほどあっさりと事実を認めた。

「四谷不動産以外の人間である藤堂さんに気付かれたと白崎から聞いたとき、さすがに年貢の納め時やと思いましたんや。高垣との現場に踏み込ませて芝居を見せるという案も、あまりにも無理があると思いましたしね」畑中はこう言って力無く笑うと、「すべてお話させてもらいます。なぜ白崎クラスの男が私と組んで、こんなことをするようになったのかの理由も含めてね」とそれまでには見せたことのない、爽やかな顔をして幸助を見た。

「白崎の家庭のことはどこまでご存知ですか？」

「確か、奥さんと娘さんが二人の四人家族ではなかったかな」

幸助が以前白崎から聞いた家族構成を思い出しながら言った。

「そう、今はね」

「今、というと……」

「あいつにはもう一人別に、長男がいたんですよ。十年くらい前に難病を患って亡くなった長男がね。その難病は日本での治療は困難と言われて、海外治療を希望しておったんですが、まだ若かったあいつにはその治療費がネックになって……」

十年前というと、ちょうど幸助が白崎と知り合った頃のことだが、そんな話を幸助は初めて聞いた。

「我々の社内でも寄付を募ったし、あいつも方々から借金をしてね。それが功を奏して、何とか海外で治療を受けられるところまでは行ったんですが、その治療の甲斐もなく結局長男は亡くなったんです。それだけ難しい病気やった、ということやと思うんですけど、あいつはすぐに治療ができなかったことが原因と自分を責めた」

畑中は一度言葉を切って幸助と瑛美を見た。幸助は返答する言葉も見つからず、俯いて聞いている瑛美を見ながら、畑中の再開する言葉を待った。

「その後、あいつには無事新たな子供が授かったから良かったんですが、長男の辛い経験から、いつ何時お金がいるか分からない、という考え方に染まってしまいましてね。数年前頃から、給料以外にも何とか稼ぐ術はないかと、よう二人で話をするようになりました」

畑中はその当時のことを頭に浮かべて、懐かしそうな顔をした。

「自慢できることやないと思いますけど、この飛ばし決済も二人でいろいろと工夫しましてな。まあ結局、調子に乗ってしもた私の失態で今回こうなってしもたんやけど……」

畑中の話を聞き終えて、幸助は複雑な気持ちになった。自分がもし白崎の立場で飛ばしのできる状況に立っていたら、果たしてどうしていただろう。それでも善は善、悪は悪と割り切れただろうか。他人の行為を批判するのは簡単だが、その他人の立場に自分自身が立ってみたとき、答えは一つではないと幸助は思った。


白崎と対峙していた幸助は、畑中との会話を思い出しながら、ふーと大きく息を吐いた。

「今ここにいる我々は誰一人として、今回の件を裁く権利はないと思う。四谷不動産の幹部でも警察でもないからな。ただひとつだけ言える真実があるとすれば、仲間を裏切ったらあかんということや。俺は今回、白ちゃんも畑中さんも、誰も裁くつもりはないよ。それより、これを機会に一度リセットして、全員がもう一回原点に戻ってやり直そうや」

幸助の締めの言葉に、畑中が恥ずかしそうに頭を掻いた。

「それで藤堂さん。わしも心を改めまっさかい、このまま宅建の看板出しとってもよろしいかな」

「さっき言うたやないですか畑中さん。公にするつもりもないし、する権利もないと。うちの会社かて、叩けば埃の一つや二つ必ず出てきますよ。熱心に商売すればするほど、そういうもんと違いますか。それより、これからはかけがえのない仲間として、良いお付き合いをしていきましょうよ」

幸助が出した右手を畑中が握り返した。

「雨降って地固まる、ですな。まあ一つ、よろしゅう頼みます」

畑中のこんな明るい表情を白崎は初めて見る気がした。クセのある人間と思い込み、それを前提に接することによって、自分が勝手に悪い畑中の人間像を作り上げていただけなのかもしれないと白崎は思った。

「すべてにおいて参りました、藤堂社長。でもこのけじめだけは、きっちりと自分でつけますので」

ようやく肩の荷を下ろした表情を見せた白崎が、最後に幸助に頭を下げてそう言った。

16

白崎が四谷不動産を依願退職したのは、それから約二週間後の四月中旬のことだった。

「辞めてもらうつもりで真相解明したのではない」と言ったものの、白崎のプライドを考えると、幸助は引き留めることはできなかった。一からやり直す決意で、大阪からも離れるという。ただ別の町に行っても、改めて不動産の仕事で出直すという決意を聞き、嬉しくもあり安心もした。白崎ならきっとできるとも思った。

白崎が今まで担ってくれていた四谷不動産の窓口的な役割は、山本彰が引き継いでやってくれることになり、四谷不動産との付き合いも今まで通りということで落ち着いた。

何もかもが落ち着きを取り戻そうとしていた中、幸助は最後の別れ際に白崎が言った「高垣を依願退職させたことだけが、唯一の後悔であり、心残りです」という言葉だけが、いつまでも心に引っ掛かっていた。

「えっ、これって……」

ゴールデンウィーク直前の平日、レインズの新規登録画面をチェックしていた瑛美がまた声を上げた。しかし、今回は瑛美の背後にいる幸助はまったく気に留める様子もなく、呑気にスマホをいじっていた。

「社長！これは一体どういうことですか？」

まったく反応してくれない幸助の態度に焦れた瑛美は、その物件情報の印刷を出すと、幸助の机の上に置いて、再度幸助に回答を求めた。

「ちょっと社長！聞いてますか？」

さすがに大声を出した瑛美に対して、ようやくスマホから顔を上げた幸助は、苦笑しながらその物件情報を見た。

「おおっ。ええ感じの物件資料やないか」

「ええ感じのって、そんな呑気な。それよりこれは一体どういうことですか？意味が分かっているなら、ちゃんと私にも教えてくださいよ！」

瑛美は声のトーンを上げながら、物件資料の取扱不動産会社の欄を指差した。瑛美の驚いた反応はもっともだった。そこの取扱不動産会社の名前は、なんと登美丘駅前不動産の名前が印字されていた。

「私、この物件のこと、まったく初耳なんですけど。いつの間に社長、ここの媒介を取ってきたんですか？」

いい加減に理由を教えてください、とばかりに瑛美が幸助を睨むように見た。

「その答えはもうすぐ分かるよ。これを挨拶代わりにするという本人の希望でね」

「本人の希望？」

瑛美はまだわけが分からないという顔をして、幸助の方に向いて首を傾げていると、背後の入口の扉が開いた。

「おはようございます！」

その声に導かれるように瑛美が振り返ると、身長は幸助と同じくらいだが、体型は正反対の細身で精悍な顔つきをした見覚えのある男性が立っていた。

「あっ、あなたは……」

瑛美が驚いて声を上げた。

「はじめまして、ではないですけど、直接お話しするのはこれが初めてですよね」

細身の男性は照れたような仕草で、ぺこりと瑛美に頭を下げた後、幸助の方を改めて向いた。

「藤堂社長、お誘いいただき感謝します。ようやく挨拶代わりの物件ができましたので、今日からお言葉に甘えてお世話にならせていただきます」

「まあまあ、そういう堅い挨拶はええから、こっちに座り。鹿谷さんも」

幸助はそう言うと、細身の男性とまだ目を丸くしている瑛美を応接ソファに呼んだ。そして、細身の男性の向かいに瑛美を座らせると、自らも瑛美の横に座った。

「鹿谷さん、改めて紹介しよう。今日から我が登美丘駅前不動産に来てくれることになった、高垣雄一君や。挨拶代わりの預かり物件ができるまで、鹿谷さんへの報告は待ってほしいという彼のたっての希望があってね。驚かせてしまったかな」

これでようやくすべてがリセットされたという思いを胸に、幸助はいたずらっぽく笑って瑛美の顔を見た。

「社長って、本当にサプライズがお好きですね。でも、こんな大事なことを今日まで黙っているなんて、いくらなんでも……」

瑛美が少し拗ねた素振りを見せた。

「鹿谷さん、それを言うなら悪いのは僕なので。僕が藤堂社長にお願いしたことなんです。どうか許してください」

高垣の真面目な性格が分かるような丁寧な謝罪に、逆に瑛美が驚いた。

「いえ、そんなつもりでは……。ちょっと社長！何とか言ってくださいよ！」

二人の初会話の様子を見て、良いコンビになりそうだと幸助は微笑んだ。

窓の外を見上げると、先日まで雛だった燕が巣離れをして、親鳥たちと一緒に飛び立っていく姿が目に入った。幸助の目にはその姿が登美丘駅前不動産の姿と重なって見えた。

代理人

外野

1

その紳士が来店したのは、梅雨入り間近の、蒸し暑い五月末の金曜日のことだった。

「部屋を探しているんやけど」

足を悪くしているらしく、杖を片手にやや右足を引きながら登美丘駅前不動産の店頭に現れたその紳士は、しゃがれた小さな声でカウンターの反対側にいた鹿谷瑛美に語りかけてきた。

「いらっしゃいませ」

持ち前の笑顔と明るい口調で対応した瑛美は、その紳士の足の状態に気付くと、すぐにカウンターをまわって彼の手を取り、椅子に座る行為をサポートした。

「大丈夫ですか?」

「やあ、ありがとう」

瑛美にサポートされながら椅子に座った紳士は、杖を横に立てかけて、にっこりと瑛美に笑顔を向けてお礼を言った。

「部屋をお探しとのことですが、どのような物件をお探しですか」

瑛美も改めて笑顔を浮かべると、再びカウンターの反対側に戻り、紳士に優しく問いかけた。

店内奥にある会議用スペースで部下の高垣雄一と打ち合わせ中だった、登美丘駅前不動産社長の藤堂幸助は、お客様来店の瞬間に一瞬視線を入り口に走らせたが、賃貸希望のお客様と分かり、また高垣の方に向き直った。賃貸はすべて瑛美に任せてあるからだ。

瑛美は四年前に登美丘駅前不動産がオープンしたときからのオープニングスタッフで、爽やかな笑顔とよく通る声で接客することを得意とする、幸助の右腕的存在であった。不動産業未経験での入社だったにもかかわらず、今では売買営業から賃貸営業そして経理までこなす、登美丘駅前不動産になくてはならないスタッフに成長していた。

「小学生の子供と二人で暮らす部屋なんやが。できるだけ築浅がいい」

カウンターに肘を付いて、瑛美の問いかけに紳士は徐に口を開いた。

「お家賃と場所の希望はありますか」

「子供が登美丘小学校に通っているので、同じ校区内でお願いしたい。五十㎡以上の広さで2ＬＤＫか3ＬＤＫの間取りがあれば、予算は特にない。ただセキュリティは重視したいので、オートロックのある物件がいいかな」

高垣との打ち合わせをしながら、そのやり取りを聞いていた幸助は、少し違和感を覚えてその紳士を振り返り見た。

痩せ型の体格で、年齢は還暦前後だろうか。見た目にも安物とは思えない高級仕立てのスーツに身を包み、おしゃれな黒い帽子を被っている。高級ブランドのロゴが入ったセカンドバッグに、腕時計はグランドセイコー。この身なりから察して、金銭的にはもちろん地位や名誉もそこそこの人物であることは容易に想像できた。

その身なりと雰囲気から、来店してきたときはてっきり売買のお客様だと思ったくらいだ。それが小学生の子供と暮らす賃貸マンションの相談とはさすがに想像できなかった。その手の相談にはもっとも相応しくない人物像のように思えるが。

しかしこの紳士自身が小学生の子供と二人で暮らすとはさすがに考えにくかった。さしずめ、小学生の子供を持つ娘が離婚でもしたため、代わりに部屋を探してあげている良き父親といったところか。

「それでは何軒か候補を出してみます。その間にこちらのお客様シートにお客様の情報を差し支えない範囲でご記入いただけますか」

おそらく瑛美もその紳士に対して同じ疑問を持ったはずだが、そこはさすがに幸助の信頼が厚いスタッフだ。あえて野暮な疑問など口にせず、自然な口調でそう言うと、カウンターに置いてあるお客様シートをさりげなくその紳士の前に差し出した。

「ここに名前を書けばいいですか」

細かい質問をされなくてほっとしたのか、最初は上から目線的に話していた紳士が、いつのまにか生徒が教師に相対しているような口調になって、瑛美に敬語で話しかけていた。どんなお客様に対しても、自然に相手の心を解きほぐしながら接客できるのが瑛美の魅力だ。この相談が無事成就できれば、また一人瑛美ファンができることだろう。

そんな微笑ましい光景を見て、この紳士と良い賃貸契約ができたらいいなと、幸助は心の底からそう思った。

「電話番号があれば、住所は書かなくてもいいですか」

シートを記入しながら、その紳士がまだ瑛美に細かい質問をしていた。

「本契約となれば、現住所の記入はもちろん、身分証明書のコピーもいただかないといけませんが、まだ物件探しの段階ですので今日のところは書かなくても大丈夫ですよ」

いずれ現住所は必ず必要になる項目なのだが、今は書きたくないというお客の心理にあえて逆らわない姿勢で接するのがまた絶妙だ。紳士もさぞかし気分の良いことだろう。

それはさておき、本当にどういう理由で部屋を探そうとしているのか、幸助は改めてその紳士に興味を持った。やはり先ほど頭に浮かんだ、離婚した娘の線が濃厚だろうか。いや、自分たちが住んでいる家を成長した子供に譲って、自分と妻が引っ越すことになったという可能性もあるかもしれない。生前贈与を兼ねた所有権移転の例は最近けっこう多い事例である。いやそうすると小学生の子供が説明付かないか……。

邪推とは思いつつ、そんな具にもつかないことを想像していると、幸助の前に座っていた高垣のにやけている顔が目に入った。

「社長、あちらの商談が気になって、打ち合わせに身が入らないみたいですね」

高垣が声を潜めながら、からかうように言った。

「いや面目ない。せやけど、高垣君も気にならんか。あの身なりで……」

幸助も声を潜めてそこまで言うと、「小学生の子供と二人で住む賃貸?」と紙に書いて、高垣に見せた。

「僕もそこが引っ掛かりました」

高垣も我が意を得たりとばかりの顔をして、小さな声で頷いた。

そんなやり取りを二人でしていると、幸助の上着の内ポケットに入れていたスマホが鳴った。画面に表示された名前を確認すると、四谷不動産の山本彰からだった。長年四谷不動産の幸助の窓口になってくれていた担当者が先月末に退職したため、現在は幸助より二回りほど若い山本が担当してくれていた。

幸助は山本彰とフルネームで表示されたスマホの画面を高垣にも見せると、笑顔で頷いた高垣に「外に出よう」と、外の方を指差す仕草をして立ち上がった。高垣も元四谷不動産の社員だったため、山本のことはよく知っていた。

幸助は来客がある時の携帯電話は極力外に出て話すようにしていた。自分の話す声が来店客の迷惑にならないようにとの心遣いでもあり、話す内容を社外の第三者に聞かれたくないという理由からでもあった。

着信音が鳴るスマホを手にしながら、外に出る意志を瑛美にそれとなく伝えた幸助は、高垣と並んで入り口のスライド扉に手をかけた。

「もしもし」

「もしもし藤堂社長、とっておきの熱い情報が入りましたよ!」

スライド扉を開けるのとほぼ同時に電話に出ると、スマホを耳から離しても十分聞こえるくらい大きな声で、山本が興奮気味に話しかけてきた。大きな声と「熱い情報」という表現は山本の口癖だ。この熱心な口調で顧客の心を一瞬でつかみ、彼の営業成績は常にトップクラスを走っていた。

この日の情報は、新しく出たばかりの収益物件についてだった。おかげさまで登美丘駅前不動産も銀行の信用がつき、融資で収益物件を買いませんかとメインバンクから勧められていた。そこで融資がつきそうな新しい収益物件の情報が出たら真っ先に教えてくれるよう、山本には頼んであったのだ。

「浪速区の物件で、築年数はまだ三年。価格は一億で表面利回りも高いですよ。築年数が新しいから融資は余裕でつくと思います。いまどき大阪市内でこの条件は熱いと思いますね」

山本の大袈裟な言い方を差し引いても、第一報の条件は悪くなかった。考察してみる価値は十分にありそうだ。

表面利回りとは、不動産投資で一般的に用いられる数値で、年間の家賃収入を物件価格で割った数値である。投資家が収益物件を購入する際の目安の数値とされ、貯蓄の利回りや株式の配当利回りと比較される。「表面」と冠がついている以上、あくまでもグロスの数値であり、税金や管理費等の経費は含まれていない。逆にそれらの経費を全て含んだものは、実質利回りという。

登美丘駅前不動産のメイン業務は売買業務であったが、この売買業務の欠点は売上が読めないことだった。一度取引を終えると、次の取引を見つけるまで、ほぼ売上はリセットされるといっていい。この不安定な売買業務を補う部門として、コンスタントに家賃収入が入る収益物件を持つことは、今年の年始に立てた幸助の目標でもあった。

今月から高垣という頼もしい部下も増え、瑛美も含めた彼らの待遇をもっと改善してあげるためにも、確実に読める収益の柱は大至急必要だった。そして、銀行が前向きな今がチャンスなことは言うまでもなかった。

山本との電話を握る幸助の手には、自然と力が入った。

「山本君、その情報に期待するわ。現地にいつ見に行ける？」

大至急訪問の段取りをします、といって鼻息荒く電話を切った山本から、高垣と瑛美も参加している四人のグループラインに、まずＰＤＦの物件資料が送られてきた。

高垣と並んでその物件資料を見ながら、店舗に戻ろうと振り返ると、幸助の視線の先に店舗から出てくるあの紳士の後ろ姿が映った。山本の電話で店を出てから、まだ五分くらいしか経っていないはずだ。もう商談は済んだのだろうか。

「ありがとうございました」

瑛美の元気な声に見送られるように、その紳士は来たときと同じように杖をつきながら、幸助と高垣が立つ場所とは逆方向にある駅舎の方に向かって、ゆっくりと歩いて行った。

「もう商談は済んだの？」

店舗に戻ると、あの紳士が書いたお客様シートを手にしている瑛美に、幸助が訊いた。

「いえ、なんかお友達との約束を忘れていたらしくて……。明日また出直すから、それまでに候補資料を出しといてほしいと仰って、本日は帰られました」

「そうなんや。住所を書くとか書かんとか言ってはったけど」

「結局最後には書いてくれました。えーと、ご住所は和歌山ですね」

「和歌山？和歌山のどこですか？」

それまで黙って聞いていた高垣が二人の会話に割って入ってきた。

「和歌山市内みたいです。和歌山市葵町《あおいちょう》と書かれてますね」

瑛美は手元にある、達筆な字で書かれたお客様シートを見ながら答えた。

「葵町でしたら和歌山市の市街地ですね。和歌山城の城下町にあたる、古い街並みの一角やったと思います」

「高垣さん、お詳しいんですね？」

高垣がネットも何も見ずにすらすらと答えたので、瑛美は少し驚いて訊いた。

「そういえば、高垣は和歌山出身やったな」

幸助が高垣の履歴書の内容を思い出しながら言った。

「はい。でも、僕の出身地は南紀白浜の近くですから、和歌山市からはかなり遠いですけどね。ただ和歌山市内には親類がいるので、それでよく知っているんです」

「えっ、じゃあ高垣さんの実家はアドベンチャーワールドの近くなんですか？」

瑛美は南紀白浜と聞いて、少しはしゃぐ仕草を見せた。

「近くといっても、車で三十分くらいの距離ですが。実家は梅農家で、長男が後継で実家に残っています。何もないところですけど、空気と水は奇麗ですよ」

高垣が懐かしそうな表情をして答えた。

「いずれにしろ、ここからは随分遠いところやのに、ご苦労様やなあ。ほんならやっぱり娘さんがこの近くに住んでいて、その娘さんのために部屋を探してはるのかなあ」

幸助は先ほど自分が想像していたことを口にした。

「誰のための賃貸かは、今日は何も仰られませんでしたが、お聞きした小学生のお子さんの校区がまさにこの地域ですから、この辺に住んでおられる方のお引越しというのは間違いなさそうですね」

瑛美からお客様シートを受け取ると、幸助は視線を落とした。確かに住所は和歌山市葵町と書かれていた。名前は川上宗一《そういち》。年齢は五十九歳。電話番号は固定電話ではなく携帯番号のみが記されており、職業欄と年収そして転居理由のところは何も書かれていなかった。

「まあ、明日もう一回来てくれはったらすべてはっきりするやろう。この蒸し暑い中、二日も続けて和歌山からご来店いただくのは申し訳ないけど。そういえば、うちの管理物件にも確か一部屋空きがなかったっけ？」

「今月末で2LDKの部屋が一つ空きますね。分かりました。そこを入れて合計十軒分くらいの資料を用意しておきます」

「鹿谷さん、僕も手伝いますよ」

高垣はそう言うと、自分の席のパソコンの電源を入れた。

「いえ、これは賃貸案件ですから、私一人で大丈夫です」

「そんなこと言わずに、お手伝いさせてください。僕も賃貸のこと、少しは知識として持っておきたいですし」

高垣の熱心な姿勢に、瑛美は少し困ったような顔をして幸助を見た。高垣は売買のスペシャリストとして登美丘駅前不動産に来てくれたと聞いているため、幸助の許可なくお願いしますとは簡単に言えなかった。

「まあ、ええんとちゃうか、手伝ってもらったら。いろいろなことに経験値を持つことは高垣の、ひいては登美丘駅前不動産のためにもなることやしなあ。それに、あのお客様は俺も不思議と興味を惹かれるから、会社をあげて全力でこの契約を取りにいってみよう」

「了解です！」

瑛美と高垣は互いに視線を合わせて、同時に返事をした。

その後、本当に明日も来てくれるのかな、という好奇心に近い期待感を持ちつつ、瑛美と高垣は終業時間まで物件資料の用意に精を出した。

2

今にも雨が落ちてきそうな、曇り空の翌土曜日。通勤通学の人出がほとんどない駅舎を目の前に見て、登美丘駅前不動産はこの日も朝の九時から通常通り店を開けた。

不動産業界の定休日パターンは大きく分けて三つある。火曜日と水曜日という平日パターンと土曜日と日曜日という週末パターン、そして水曜日と日曜日という飛び休パターンの三つである。

不動産のお客様は週末に内覧に行くことが多いため、以前は土曜日と日曜日は営業することが、不動産業界では当たり前だった。しかし、時代の変遷とともに週末を休む不動産会社も出始め、ついには美味しいところ取りの水日パターンも登場した。ちなみに登美丘駅前不動産の定休日は、その三つ目の水曜日と日曜日のパターンを採用していた。

しかしこの定休日の欠点は連休になっていないことで、経営者である自分はまだしも、若くて独身の瑛美や高垣のことを考えてあげると、火水か土日の連休にしてあげた方が良いのかなと、幸助は今現在も悩んでいた。

そんな幸助の悩みを知ってか知らずか、土曜日である本日も笑顔で出勤してくれている瑛美と高垣は、昨日の川上という紳士が本当に今日も来てくれるのかどうかという話で朝から盛り上がっていた。

候補物件資料は二人が昨日のうちに十軒分まとめており、きちんとファイルに入れて整理されていた。昨日は午前中に来られたが、さあ今日は……と思ったそのとき、また幸助のスマホが鳴った。

相手は同じ山本で、昨日言っていた物件を今から見に行かないかという誘いだった。幸助にとっては願ったり叶ったりの誘いで、すぐさまちらりと高垣を見た。見に行くなら高垣も一緒に、ということは昨日の山本の電話のときから言ってあった。

幸助の電話のやり取りを見てその空気を悟った高垣は、瑛美の方にちらりと視線を向けながらも、幸助に対して大きく頷いた。川上のことが気にならないかというと嘘になるが、それが理由で内覧を断る返答などもちろんあり得なかった。

「鹿谷さん、高垣と俺は物件を見に行くことになったから、今から出るわ。川上さんが来られたら対応頼んどくね」

できれば一緒に対応してあげたかったという空気を醸し出しながら、幸助は申し訳なさそうに瑛美に言った。

「すみません、鹿谷さん。あとはお願いします」

高垣も声のトーンを下げて、瑛美を見た。

「分かりました。大丈夫です。私の方こそ物件資料のお手伝い、ありがとうございました。しっかり対応しますので任せてください。お気をつけて、いってらっしゃい」

心配ご無用とばかりに、二人に笑顔を見せた瑛美は力強く言った。

「俺はなんか今日決めてくれるような気がするなあ。何の根拠もない勘やけど」

幸助は何か閃くものがあってなかば本気でそう言った。幸助のこのような閃きは年に数回あり、この「何の根拠もない勘やけど」というフレーズを発したときは、そのほとんどが当たることを瑛美は過去に何度か経験していた。

「決めてほしいですけど、まずは内覧からですし、さすがに今日は無理ではないですかね」

幸助の閃きの実績を知らない高垣は、てっきり幸助のリップサービスと思い込んでいるようだった。

「高垣さん、信じられないかもしれませんけど社長のそういう閃き、本当によく当たるんですよ。その社長の閃き通りになるように、私も精一杯丁寧に説明しますね」

「その思いは、そこに用意してくれた物件資料のファイルを見たら分かるよ。とても見やすく丁寧に閉じてある。俺が川上さんやったら、その丁寧な仕事ぶりを見て内覧もせんと一年分の家賃を前払いして契約をするな」

瑛美の真剣な反応に、少し驚いた表情を見せていた高垣を愉快そうに眺めた幸助は、ファイルを手にしながら茶化すように瑛美に笑いかけた。

「社長、さすがに一年分の家賃前払いは、私も無理やと思いますけど……」

「ははは、その予想も当たったら、さすがに二人から何かご馳走でもしてもらおうかな。まあそれは冗談として、それでは行ってくるから、何かあったらいつでも連絡してね。あと、断られてもかまへんから、あんまり気合を入れ過ぎないようにね」

「はい、ありがとうございます。いってらっしゃい」

瑛美は改めて笑顔を見せて、幸助と高垣に手を振った。店の外はまだ雨は降っていないようだったが、二人は無意識に早足になりながら目の前の登美丘駅に急いだ。


山本と見に行く物件は、大阪市浪速区に建つオフィスビルだった。幸助と高垣は南海電車で難波まで出て、十一時過ぎに高島屋の前で山本の運転する車に拾ってもらった。幸助は堺の物件を見に行くときはほぼ自分の車を使うが、四谷不動産絡みで大阪市内の物件を見にいくときは、いつもそうしてもらっている。山本の所属する四谷不動産難波支店が南海難波駅のすぐ駅前にあるため、その方が時間的にも効率的だった。

山本の車に乗り込むと、物件資料の印刷したものを用意してくれていたので、幸助は改めてその資料に目を通した。鉄骨六階建の満室オフィスビルで、築年数はわずか三年。そのうえ高利回りというから条件は悪くない。あとは見た目や付近の環境、道路事情等が悪くなければ、ある程度銀行から言われている条件にも合致すると思われた。

「良さそうな物件やんか」

感謝と期待の気持ちを込めて、運転する山本に言った。

「だから熱い情報って昨日から言っているやないですか。こんな良い物件滅多に出てこないですよ」

「ははは、一億からの物件やのに軽く言ってくれるね。それはそのまま銀行に言ってくれへんか」

「はい、のし付けて銀行に送っときますわ」

山本とそんなたわいもない会話をしているうちに現地に着いたので、物件の前で高垣と先に降ろしてもらった。そして車を停めにいった山本を待っている間に、付近の環境を高垣と確認していると、幸助のスマホにラインを通知する着信音が鳴った。高垣のスマホも同時に鳴ったので、おそらく瑛美が三人のグループラインにメッセージを送ってきたと思われた。画面を見ると、案の定瑛美からだった。最初の一文に『川上様が来店されました……』の文字が確認できたので、高垣と頷きあった。

ラインを開くと、上記一文の後は短く『がんばります！』とだけ書かれていた。時刻はまだ午前十一時十分。今日も午前中に来店してくれたようだ。うまくいけば今日中に三軒くらいは内覧まで持っていけるかもしれないと幸助は思った。

『了解。後のことは頼みます。がんばってね』

瑛美に返事を送信すると、そのメッセージにすぐ既読がつき、すかさず『はい！』と返事がきた。高垣の似たようなメッセージにも、すぐ瑛美の返事が入ったので、瑛美もかなり気合が入っているようだ。

「よっしゃ、俺らも気合を入れよか」

幸助は高垣に軽く叫びかけると、ぱんぱんと二度ほど掌で両頬を叩いた。

「そんなに顔を叩いて、どうされたんですか？」

知らないうちに幸助と高垣の背後に来ていた山本が、笑いながら聞いてきた。

「まだ案件レベルやけど、今事務所で一人鹿谷さんが頑張ってくれているから、俺らも頑張らなあかんと思って気合入れてたんや」

「鹿谷さんは美人のうえに仕事もできて、最高のスタッフさんですね」

「そうや。自慢のスタッフやで」

幸助が山本の言葉に満足そうな顔をした。

「僕はまだ一緒に仕事をして半月ほどですが、彼女のレベルの高さは本物ですよ」

高垣が幸助への言葉を、むしろ山本に聞かすように言った。

「高垣さんはまだ独身やし、いい人と巡り会わはったんとちがいますか？」

「アホ、社長の前で何てこと言うんや！」

真面目な性格の高垣は、顔を真っ赤にして山本を小突いた。

「ははは、冗談やないですか。そんなに本気に怒らんでも……」

山本が愉快そうに、逃げるふりをしながら幸助を見た。

「高垣君、もし本気で惚れるんやったら、俺は止めへんからな。わははは……」幸助も山本のノリに一緒に乗って豪快に笑い飛ばすと、一転真剣な表情になり、「よし、冗談はそれくらいにしてそろそろ行こか」と物件の入り口を指差した。

「了解です、行きましょう！」

山本と高垣も、それまでの表情とは打って変わってプロの不動産マンの顔になり、スマホをカメラモードにして構えると、入り口付近から熱心に物件の視察を始めた。

物件視察を終えた後、三人は昼食を取りに南海難波駅近くにある木津《きづ》市場にやって来た。ここはさすがに市場だけあって、新鮮な食材を豊富に使用した絶品の食堂が並んでいる。今日は幸助の希望で海鮮丼を食べることにして、魚の絵が描かれている暖簾をくぐった。

「いつ食べてもここの海鮮丼は美味いですねえ」

山本が感動しながら言った。

「昼間から、こんな贅沢な食事をすみません」

高垣も、厚切りにされた中トロの塊を頬張りながら、恐縮して言った。

「前祝いや。山本君、さっきの物件、融資特約で買付入れるわ。今日は印鑑も用意してるから、この後四谷不動産に行って判を押そう。そのときに、銀行提出用の資料を用意してくれるか」

「ありがとうございます！」

山本の威勢のいい返事が店内に響いたとき、机に置いていた幸助と高垣のスマホが、また同時にラインの通知音を奏でた。そして『お時間があれば、お電話いただきたいです』と書かれた一文がロック画面に表示されたのを見て、幸助と高垣は箸を動かす手を止めた。日頃から、瑛美が電話を希望するラインを入れてくることなど滅多にないため、川上と何かトラブルがあったのかもしれない、と二人は少し緊張した。

「社長、まず僕がかけてみます」

高垣はそう言うと、「頼む」と幸助が頷くのを見て、スマホを持って店の外に出た。

扉の曇りガラス越しに映る、高垣の電話をかけている姿を見ながら、幸助は少し胸騒ぎがした。川上に断られたから、というのが理由であることは十分に考えられるが、それだけなら果たして電話がほしいなどと、瑛美が言ってくるだろうか。残念な結果とはいえ、それこそラインに一文入れたら済むことではないか。わざわざ電話がほしいこととは……？

答えの想像がつかぬうちに、高垣が戻って来た。もう電話は切れているようだった。

「何があったんや？」

話の内容が気になって、つい大声で訊いた。

「それが……」

高垣は伝えるべき言葉を探しているかのように、一度言葉を切った。

「やっぱり断られたんやな」

待ちきれない幸助が、痺れを切らして答えを言うと、意外なことに高垣が首を振った。

「いえ、そうではなく、契約してくれたそうです」

そう言ったものの、高垣も未だ頭が混乱しているようだった。

「それも社長の閃き通り、契約のための前払いまでしてくれたとか言ってますけど……」

「えっ？何やって……？」

一瞬幸助は高垣にからかわれているのかと思い、首を傾げた。

「しかし、それやったら何で電話がほしいなんて言ってきたんや？契約が決まったのは嬉しいニュースやけど、そんな報告だけやったら尚更ラインでええんちゃうの」

幸助は何か肩透かしを喰らったような気がして、思わず非難めいた言い方をした。

「それが……前払いしてくれた金額があまりにも法外やったようで、それを受け取るべきかどうかの指示を、社長に仰ぎたかったみたいです。ただ、僕がかけたときにはもう川上さんは帰られた後のようで、結局受け取ったみたいですが……」

「法外な金額って、一体いくら受け取ったって、鹿谷さんは言ってるんや？」

「現金で五百万円らしいです」

一瞬、幸助は高垣が一桁言い間違ったのではないかと思った。

「五百万？ 五十万の間違いと違うんか。賃貸やったら、それでも多いくらいやけど」

「僕もそう思って二回聞き直しましたが、五百万円置いていかれたそうです」

「……」

幸助は何が起こったのかなかなか意味が飲み込めず、考えをまとめるために黙りこくった。売買の手付金ならまだしも、賃貸の契約に五百万円の前払いなど聞いたことがない話であった。前で聞いていた山本も驚いた顔をしていた。

「結局俺が直接、鹿谷さんに聞いた方が早そうやな。四谷不動産に歩いて行きがてら電話するわ」

四谷不動産までは目と鼻の先の距離のため、幸助はそう言って立ち上がると、会計を済ませて外に出た。

「そしたら僕は車を会社の駐車場に置きに行って、お店で待っていますので。美味しい海鮮丼ご馳走さまでした」

　お礼の頭を下げながら車に乗り込んだ山本に軽く手を振ると、幸助はスマホを取り出して、登美丘駅前不動産の短縮ボタンを押した。

「社長、お疲れ様です。お忙しいのにすみません」

　呼び出しコールが鳴る前にすぐに繋がると、受話器の向こうで瑛美がホッとしたような声を出した。お店の電話機は、かけてきた相手が登録されている電話番号なら名前が出るため、すぐに幸助からと分かったのだろう。どうやら高垣の電話を切った後、幸助からの電話を心待ちにしていたようだった。

「高垣から聞いたけど、大金を置いていかれたらしいね」

「そうなんです。でも社長にラインをしている間にすぐに帰られてしまって、預かり証も渡せていないんです」

　瑛美は本当に申し訳なさそうな声を出して言った。

「ちなみに決めてくれたマンションは？」

「うちの管理物件のリビエール葵です」

「こんな短時間でもう内覧も行ったの？」

「いえ、行っていません。内覧は必要ないと仰って……」

　賃貸とはいえ内覧もせずに物件を決めて、なおかつ五百万円も置いていったとは、いくら朝閃いたといっても、俄かに幸助は信じられなかった。過去、契約時にお金が足らなくて相談を受けたケースはあったが、もらい過ぎで悩んだケースはさすがに初めてであった。

「なんか狐につままれたような話やな……」

「今五百万円の現金が目の前になければ、私も夢やったんじゃないかという気がします」

瑛美も相当混乱しているようだった。

「分かった。もうこっちも内覧も終わったから、今から少しだけ四谷不動産に寄った後はすぐに帰るわ。帰ってから今日の川上さんとのやり取りをもう少し詳しく聞かせてもらうから、あんまり気にせんとき」

幸助はそう言って電話を切ると、隣を歩く高垣を見た。

「世の中、不思議な人もおるもんやな。こんな経験、高垣はしたことあるか？」

「足らないことはあっても、さすがにもらい過ぎはないですね。表現は悪いかもですが、非常に興味のある体験です。この行動の裏にどんな理由があるのか、ぜひ確かめたいですね」

「同感や」

一人で対応させた瑛美には申し訳なかったが、昨日以上に川上に対する好奇心が高まっていることは確かだ。面白くなりそうな予感を感じながら、幸助は四谷不動産に急いだ。

3

四谷不動産の店頭で署名捺印した買付証明書を山本に提出すると、幸助と高垣は歩いて南海難波駅に向かった。外気温は相変わらず蒸し暑いが、土曜日の昼下がりということもあって、難波駅までの路上にはけっこう人が溢れていた。

近くに場外馬券売場もあるので、新聞やラジオを片手に赤色のサインペンを持っている人も大勢見かけた。最近はネットでの購入が主流になりつつあると聞くが、ここには昭和の面影が感じられる、いい意味でのレトロ感が未だに残っているようだった。

ところが難波の駅ビル内に入り、改札口が近づくにつれて、単に土曜日だから人が多いだけでは片付けられないほどの群衆でごった返している様に幸助と高垣は気付いた。誰か有名なアーチストが難波でコンサートでも行うのだろうか。それにしてもこの混雑は異常だ。そもそも大阪ドームや大阪城ホールはここから遠いし、難波周辺でそれらを上回る規模のコンサート会場など聞いたことがなかった。近くで大相撲が行われる会場はあるが、大阪場所は先々月にもう終わっており、今は名古屋で行われているはずだった。

「ちょっと様子が変ですね」

不審に思った高垣が呟いたとき、近くにいる人の「南海電車が止まっているみたいや」という会話が聞こえた。そしてその会話とほぼ同時に、駅員による場内アナウンスが始まったので、幸助と高垣は耳を傾けた。

「お急ぎのところご迷惑をおかけいたしますが、お客様にお詫びとご案内をいたします。ただいま○○駅構内におきましてお客様と上り電車が接触する事故がございました。その影響で南海高野線は現在、難波、橋本間で運転を見合わせております。繰り返しご案内いたします。ただいま……」

早く帰りたいときに限ってこんなトラブルに巻き込まれるとはついていない。どうやら人身事故が起こった直後のようで、いつ再開するのかはまだ分からない状況のようだった。事故の内容にもよるが、再開の目処は一時間〜二時間はかかると思われた。

瑛美に状況を伝えようとスマホを手にした高垣を、幸助は手で制した。

「俺がかけるわ」

少しでも早く幸助の顔を見たがっている瑛美の気持ちを考えると、その方がいいと判断した高垣は、頷いてスマホを内ポケットにしまった。

「もしもし鹿谷さん……すぐに帰って話の続きを聞きたかったけど、南海電車ストップや……人身事故らしい。ちょっと時間かかりそうやなあ」

「それは仕方ないですね……」

瑛美の残念そうな声が、幸助の横にいた高垣にも聞こえた。

「鹿谷さん、お昼まだやろ。今のうちにお昼行って、そのついでにその現金を銀行のＡＴＭ

に入金しといてくれるかな……お店にそんな大金を置いとくのは不用心やから……」

幸助の瑛美に対する指示内容を聞いて、幸助の頭の中には今日はもう五百万円を川上に返す意志はないのだと、高垣は思った。土曜日のATMの出金は確か限度額制限があるはずなので、五百万円を全て入れてしまうと、その後は全額を引き出せない可能性が高いのだ。おそらく瑛美も同じことを考えて、幸助にそのことを進言しているようだった。

「客が払うというものを無理に返しにいくのもおかしいやろ……週明けに来られると言ってはるんやし、気にせんと全額入れといて……それよりお昼しっかり食べや。腹が減っては戦はでけへんで……」

電話を切った幸助は、「さてと」と呟いて高垣を見た。

「人生万事塞翁が馬、と言うからな。電車が動いたら次はいいことがあるで」

高垣はこういうポジティブ思考の幸助のことが好きだった。落ち込んだり悩んだりしたところで、良い結果は生まれないのだ。

「コーヒーでも飲みながら、時間潰そか」

「そうしましょう」

幸助の誘いに間髪入れずに答えた高垣は、コーヒーショップを探しに体の向きを変えた。

結局電車は約一時間後に再開し、登美丘駅前不動産には午後三時過ぎに着いた。瑛美は指示通り現金を銀行口座に入金したうえで、川上の自宅付近の地図と携帯番号のメモを用意して、幸助たちの帰りを待っていた。

川上の帰り方があまりにも急で、五百万円の預かり証も渡し損ねたようなので、瑛美としてはどうしても今日中にもう一度川上に会って話をしたいようだった。話が尻切れとんぼのまま終わって、大金だけ預かったのだから無理もないかもしれなかった。

しかし、瑛美が用意してくれていた地図を見た瞬間、幸助は何か違和感を覚えて地図を持つ手を止めた。横から地図を覗き込んだ高垣も同感だったようで、「あれ」と声を上げた。

その地図は兵庫県芦屋市の地図だったのだ。

「鹿谷さん、川上さんのご自宅は和歌山市ではなかったですか?」

昨日は川上の住所が和歌山市というところから、高垣の実家が和歌山県にあるという話にまで発展しただけに、高垣は肩透かしを食ったような顔をして訊いた。

「それが、本人確認としてマイナンバーカードのコピーをとらせていただいた際、住所が芦屋市六麓荘になっていたものですから。聞けば、和歌山市の住所は現在単身赴任で一時的に住んでいるだけの住所らしく、住民票は移していないとのことでした。そして毎週末には芦屋の本宅に帰っているとおっしゃっていたので、今日訪ねるならこちらの芦屋の方だと思いまして……」

瑛美の回答に、高垣は「なるほど」と呟いた。そしてよく見れば、芦屋市の地図の下には和歌山市の地図もきちんと用意されていた。さすがに瑛美に抜かりはないようだった。

「ふーん、でもそんな書き間違いをするかなあ。部屋を借りるときに本人確認として書類を提出することは、社会経験のある人やったら常識の話やで。そして芦屋市六麓荘といえば関西を代表する高級住宅街や。そんな街に本宅を持っていながら、単身赴任の住所を最初に書くとは、不自然過ぎるなあ。そういえば最初は、住所を書くこと自体を渋っていたよね。渋った挙句、結局書いた住所が住民票のない住所やったとは何か引っかかるな」

改めて本日記入してくれたという賃貸申込書を手にしながら、幸助が言った。

「言われてみればそうですね」

幸助の言葉を否定することなく、瑛美も頷いた。

「それと、結局申込みのお名前は川上さんご本人か」

「それについては、後日賃借人の名前は変えるかもしれないと仰ってました。とりあえず今日はそれで申し込ませてほしいと……」

「ということは、やはり自分は住まないということやね。まあ普通に考えて芦屋に豪邸をお持ちの大会社の役員さんが、堺の外れに小学生の子供と一緒に暮らすなんて不自然やしな。かと言って、我々が予想した娘さんの線なら、申し込んだ時点でさすがに正直に打ち明けてきてもおかしくない。それがこの期に及んでも正体を明かさんということは、どうやら借主はこの人のようやな」

幸助はにやりと笑って、小指を立てた右手を体の前にかざした。

「大会社の役員さんと、どうして分かるのですか？」

幸助の小指を見ながら、高垣がすかさず訊いた。

「この職業欄に書いてある、会社名やけど……」

幸助の言葉を聞きながら、高垣は川上が記入したという賃貸申込書を瑛美から受け取り、職業欄に視線を走らせた。

「ＡＢＣ鉄鋼、ですか……なるほど、一部上場企業の大会社ですね。でも、そこの会社に勤めておられるとして、役員かどうかは分からないのではないですか？」

高垣が尤もな質問をした。すると幸助は、本棚にあった会社四季報を取り出して、「ほら、ここ」と言ってＡＢＣ鉄鋼の頁の役員欄を高垣と瑛美に示した。そこには取締役の一人として、川上宗一の名前が記されていた。その他の役員の名前もほとんどが川上姓なので、どうやら同族会社のようだった。

「でも社長は四季報を見る前から、分かっておられたみたいですが」

高垣の問いに幸助が頷いた。

「高垣君には初めて言うかもやけど、俺は以前証券会社で働いていたことがあってね。神戸支店の法人部に勤務していたときにＡＢＣ鉄鋼と少し絡んだことがあるんや。その時の縁で、役員が川上姓であることを知っていたから、今回のような身なりとお住まいでＡＢＣ鉄鋼に勤めている川上さんっていったら、多分そうやろうと思って」

「なるほど……」

高垣と瑛美は感心したように幸助を見た。

「ただこれで、今日もう一度お会いしたいという鹿谷さんの願いを聞いてあげることは、難しくなったな。立場のある方のご自宅に、愛人のために借りるマンションの件で、いきなり訪問はでけへんやろ。そんなことしたら川上さんの顔を潰して、この契約も潰れるで」

　幸助の言うことは尤もで、じっと聞いていた瑛美は、やがて小さな吐息をついて肩を落とした。

「あー、せめて預かり証だけでも渡せていたら良かったんですけど。本来いただくべきでない大金を、預かり証も発行せずに受け取ったことが気になって……」

　お金を受け取ることになった経緯を聞く限り、瑛美にほとんど落ち度は見当たらなかった。それなのにまじめに悩んでいる彼女の姿を見て、幸助はいじらしい気持ちになった。瑛美の横で一緒になって吐息をついている高垣も同じ気持ちのようだった。

「来週また来られるはずやから、そんなに深く考えんと。それより契約を一件取ったんやから、今日はお店を早く閉めて、三人でお祝いの食事に行こう」

　幸助が務めて明るい声を出して提案した。

「わぁー、いいんですか。駅前に新しくイタリアンのお店がオープンしたので、一度行きたいと思っていたんです。そこを予約してもいいですか」

　一転、瑛美が嬉しそうな声を出して言ったので、幸助は苦笑した。

「今日の主役は鹿谷さんやからね。好きなところ予約してや」

「ありがとうございます！高垣さんもイタリアンでいいですか？」

「僕はどこでも……」

「じゃあ、決まり！」
ようやく瑛美らしい笑顔が戻って、登美丘駅前不動産にはまた活気が戻った。

4

週が明けた月曜日と火曜日は、川上から音沙汰はなかった。そして定休日の水曜日を挟んだ木曜日。開店直後から浪速区の買付の一件で山本と電話していた幸助は、電話の途中に一般客の来店があったので、いつものようにスマホを持ったまま外に出た。

今週から梅雨入りかと週初の天気予報では言っていたが、まだその気配もない快晴の空が頭の上には広がっていた。その分、気温はぐんぐん上がっているようで、幸助は隣の駐車場に植えられている桜の老木の木陰に入って、電話を続けた。

買付を入れた物件の話から始まり、とりとめのない会話も含めて、外に出てから三十分くらい経った頃だろうか。幸助は駅舎の内側から、ロータリーを挟んで、じっとこちらの方を見ている一人の女性に気付いた。

その女性のいる位置から見える範囲は、正面の登美丘駅前不動産を中心に東西両隣の計三軒くらいだけだろうか。東側は今幸助のいる青空駐車場、真ん中は登美丘駅前不動産、そして踏切に一番近い西側は一階に歯医者が入っている三階建ての雑居ビルというレイアウトであった。

幸助はピンとくるものがあって、山本との会話が終わった後もスマホを耳に当てたまま、まだ電話をしているふりをしながら、そっとその女性に近づいた。そして女性の傍を通って駅舎内に入ってから向きを変えると、極力抑えた声で、「よろしかったら、お店に入られませんか」と声をかけた。

女性は驚いて振り返ると、「えっ……でも……」とパニックに陥ったように、おろおろしだした。

「驚かせたのならすみません。私、登美丘駅前不動産を経営しております藤堂と申します。川上様の申し込まれた物件の件で来られたのですよね。さあ、ご遠慮なさらずにどうぞ」

幸助はその女性に名刺を差し出すと、まだ呆気に取られている女性を半ば強引にエスコートしながら、お店に案内した。

そしてまさに店に入ろうかというタイミングで入り口の扉が開き、それまで店内にいた先客がちょうど出てくるところと重なった。店内からは瑛美と高垣の「ありがとうございました」という、お見送りの声が聞こえた。

その声と入れ替わるように女性を店内に案内すると、幸助は女性の背後から瑛美と高垣に目で合図を送りながら後ろ手で入り口の扉を閉め、鍵もかけた。阿吽の呼吸で心得た高垣が「どうぞ、こちらへ」と奥の応接セットに女性を案内し、瑛美がそそくさとお茶を用意した。

「これから打合せする内容は、まわりの目や耳が気になるかもしれませんから、しばらく誰も入って来られないように扉に鍵をしておきますね。どうぞゆっくりしてください」

幸助はそう女性に話しかけると、女性の向かいのソファに腰を下ろした。

「でも……お店にご迷惑がかかるのではありませんか……」

女性はまだ不安そうに、うつむき加減でそう声を絞り出した。

「すでに三年分も前払いのお家賃をいただいている大切なお客様ですよ。迷惑などかかるはずがありません。それではまず、お名前からお聞きしてよろしいですか」

幸助は極力彼女に不安を与えないように、優しい口調で語りかけた。

「はい、ご挨拶が遅くなってすみません。私、若山葵《あおい》といいます」

女性はそう名乗ると、自分の運転免許証を差し出した。さらにカバンから大きな茶色い封筒を取り出すと、その中身を全て机に並べて置いていった。確認すると、川上の委任状に始まり、マンションの契約に必要な川上の書類や認印等が全て揃っているようだった。

それにしてもこの「わかやまあおい」という名前……どこかで聞いたことのある響きだ、と幸助が考えていたとき、自分のデスクにいた高垣が「あっ」という表情をして立ち上がった。そしてお客様シートの雛形を手に持つと、幸助と瑛美に住所欄を指差して示した。

その高垣の仕草を見た幸助と瑛美も、ほぼ同時に気が付くと、三人で目を合わせて頷きあった。

そうだ、川上が最初に来店したとき、お客様シートに書いた住所が『和歌山市葵町』だった。ところがわずか次の日に、住所を芦屋市六麓荘と訂正したのだった。初日に書いた和歌山市葵町は、現在単身赴任で住んでいる住所だということだったが、幸助はその説明に著しい不自然さを感じていた。

幸助は目の前に座っている女性を見ながら、川上という紳士が取ってきたいくつかの不自然な行動の中で、一つ謎が解明した思いがした。部屋に入居させる予定だった思い入れの女性の名前を、初日は住所に扮して明示させていたというわけだったのだ。おそらく来店初日のときは、部屋を借りるかどうかもまだ決めかねている段階だったので、そんな行動が無意識に出たのだろうと思われた。

そういえばこの女性の名前を聞いて、もう一つ思い当たる節があった。申込みをすぐに決めたマンションの『リビエール葵』という名前だ。他の物件を考察することも、内覧することもなく決めたのは、マンション名が葵だったからに違いなかった。

初日は迷いが八割、でも次の日に勧められたマンション名を見て、縁を感じた川上は一気に迷いが吹き飛んだ……、ということだったのか。いずれにせよ、川上はよほどこの若山葵という女性への思い入れが強いことが思い知れた。

しかし三人が納得しあっている前で、若山葵の口から思いもかけぬ衝撃的な内容の言葉が飛び出した。

「実は川上さんは亡くなりました。ですから今日はこの申込みをキャンセルするためにお訪ねしたのです」

毅然とした口調で言葉を紡ぎ出した葵の顔を見ながら、幸助は一瞬彼女が何を言っているのか理解できなかった。

皮肉で悲しい出来事は、あの土曜日に起こっていた。川上はあのマンションを決めたまさにその帰りに、堺の某駅でホームから線路に転落。時を待たずに入線してきた電車に轢かれ、帰らぬ人となったというのだ。足が悪いがゆえの事故か、自ら飛び込んでの自殺かは分かっていないらしかった。思い起こせばあの日、幸助と高垣は人身事故が理由で難波で足止めを食らったのだが、まさかその事故が川上のものだったとは……

金曜日に川上に出会ってからの一連のできごとが、わずか数日にもかかわらず、複雑な糸で絡まっているような不思議な因縁を幸助は感じた。そして同時に、これからこの女性を助けてあげなければならないという思いが頭にもたげ、しっかりと葵の顔を正面から見た。

「突然のことに何とお言葉をおかけしてよいか分かりませんが、お気を落とさないようにしてください。ご冥福をお祈りいたします」

とりあえずお決まりのお悔やみの言葉を伝えると、改めて姿勢を正した。

「まだお気持ちの整理もついていないうちから、こんなことを申し上げるのは大変恐縮なのですが、もう少し川上さんと若山さんのご関係を詳しくお話願えませんか。本来、契約に関することと以外のお客さまのプライベートに関しては、深く詮索してはいけないのですが、今回はまさに契約に関わることですのでご容赦いただきたいのです。まして今回は多額の前払金をお預かりしている現実もありますから、いくら委任状をお持ちとはいえ、事情も把握せずに、キャンセルをお受けすることはできません」

　幸助がここまで一気に話すと、葵は何か反論したそうな仕草を一瞬見せたが、結局何も言わずに俯いた。

「大丈夫ですか」

　思わず瑛美がそう言って、葵の肩に優しく手を置いた。

「ひとつ安心してほしいのは、我々はあなたの味方だということです。建前なんてどうでもいい。川上さんが若山さんのために、三年分もの前払いをしてまでマンションを借りようとされた、その真意と事実関係だけでも理解させてください。そうすれば、何か良い解決策がみつかるかもしれません。いきなりキャンセルなどと、急いで答えを出さなくてもいいではないですか」

　そう言って一度言葉を止めると、瑛美も高垣もその通りとばかりに頷いていた。

「別に急いでいるわけではなく、ただこの申込みをキャンセルしていただくだけでいいのですけど……」

　葵は幸助の言葉にとまどいながら、蚊の鳴くような声で呟いた。

「ではお預かりしている五百万円はどうするのですか」

「それはご遺族の方にお返ししてくだされば……」

「この委任状に、『堺市東区北野田〇〇番地にあるリビエール葵の賃貸契約に関する一切の権利を委任者である若山葵に委ねる』とあります。これを見せられたら、我々はその五百万円もあなたにお返しすることしかできませんが」

「そんな、私が受け取ることなど……お願いですから、そちらからご遺族の方にお返ししてもらえませんか」

「先ほども言ったでしょう。我々に建前などどうでもいいと。それよりあなたのためになる最善の方法をみんなで考えましょう。そのためにもまず、もう少し詳しい事情をお聞かせください」

幸助の言葉をじっと聞いていた葵は、目に涙を浮かべながら頷くと、やがて川上との馴れ初めや先日の死亡事故に至るまでの話をぽつぽつと語り始めた。

その話を全て聞き終えたとき、幸助は自分の直感は間違っていなかったと確信した。そして、無念にも亡くなった川上のためにも、この若山葵という女性を必ず守ってあげなければならないと思った。

5

「私が川上さんと出会ったのは三年前の春先でした。私はシングルマザーで息子が一人いるのですが、その息子が小学校に上がる直前の寒い日に……」

毎朝スーパーのパートに行く前に息子の健太を保育所に預けていくのが日課だった葵は、

その日も自転車に健太を乗せて保育所に送る途中、背後から来た車の当て逃げに遭遇した。そして自転車ごと転倒したところへたまたま通りがかった川上が手を差し伸べてくれて、救急車と警察の手配をしてくれたという。幸い葵はかすり傷、健太も投げ出されたのが田んぼだったことが幸いし軽傷で済んだ。

そして翌日には当て逃げした犯人も捕まり、通院に必要な補償も受けることができた葵は、またいつも通りの平凡な毎日に戻る……と思っていた。

しかし川上は、「事故の後遺症はどこにひそんでいるか分からない。健太くんには大きな病院で精密検査を受けさせたほうがいい」と言って大学病院まで紹介してくれた。

聞けば、川上自身も若い頃に交通事故に遭遇した経験を持ち、通り一遍の治療だけで済ませていたら、数年後にその後遺症に悩まされはじめ、結果今では杖を離せない生活に陥ってしまったという。

「初期治療が肝心やから」

そんな川上の信念で始まった親切は、やがて葵がシングルマザーのうえ、親兄弟のいない天涯孤独の身であること、生活保護支援を受けながら健太を一人で育てていること等の事情を知り、それ以上の面倒を見てくれる存在になっていった。

そんな川上に対して、いつしか葵は感謝以上の愛情を感じるようになったが、一方川上は決して一線は越えようとせず、あくまでも支援のみの関係というけじめをつけ続けていたという。

「まさしく足長おじさんですね。なかなかできることではない」

ここまでの話を聞いて、幸助が感心して言葉を発した。

「でもそんな虫のいい関係が長続きすることは、神様が許してくれませんでした……」

話を続ける葵の声が一段と小さくなった。

川上と葵のもとにその悲報が届いたのは、昨年の年末のことだった。

「川上さんは、ほぼ一週間に一度くらいのペースで健太の顔を見がてら、私たちを食事に連れて行ってくれていました。でも昨年の夏ごろに体調を崩され、三ヶ月くらいお会いできない時期があったのです。そして久しぶりにお会いした昨年の年末……」

久しぶりに葵と健太に顔を見せた川上はすっかりやせ細っていた。そして頬がこけた顔を無理やり笑顔にすると、ステージ４の肝臓がんで余命一年と申告されたことを葵に告げたのである。

そしてさらに続けてこう言った。

「なんとか健太が中学校に上がるまでは、治療も含めて二人の面倒を見てあげたかったが、無理なようや。だからちょっと考えていることがある」と。

「実は私が今住んでいるアパートは、パート先であるスーパーが用意してくれている寮なのですが、このスーパーが来月の三月末で閉めることになっていて、その部屋を出ていかなければならなくなったのです。それで……」

川上は「次の引越し先は俺に用意させてくれ、おそらく何かしてあげられるのはこれが最後になるから」と葵に言うと、今日の前の机に並べられている書類や印鑑を、先週の初めに葵に預けにきたという。

　登美丘駅前不動産に来てくれたのは、葵が住んでいる寮が近くだからだったようで、住所を見ると目と鼻の距離だった。これもまた縁だったのである。

　さすがの幸助も話を聞くのが辛くなってきた。見ると瑛美はすでに、ハンカチを手にしてボロボロと泣いており、高垣も俯いたまま顔を上げなかった。

「私としては、ありがたいお話の反面、本当にそこまで川上さんに甘えていいのかという思いが正直ありました。でも、先週の土曜日に電話がかかってきて、『良い不動産屋を見つけたよ。来週一緒に見に行こう』と嬉しそうに言ってくれて……」

　週明けの月曜日に一緒に不動産屋に行く約束をして、そのときはじめて登美丘駅前不動産の名前を聞いたという。

　ところが月曜日になっても川上から連絡はなかった。今まで約束通りに来られなくなったことはあっても、事前に必ず連絡はあったといい、こんなことは初めてだった。

　二人の複雑な関係から、葵からは川上に電話をしたことはなかったといい、不安な思いを抱えつつも、葵は川上からの連絡を待ち続けた。

　そして迎えた昨日、意外なところから川上の身の上に起こった不幸な出来事を葵は知ることになった。それはネットニュースで「ＡＢＣ鉄鋼役員、不慮の死、病気を苦に自殺か」という見出しで次のようにアップされている記事を目にしたからだった。

『五月二十六日金曜日の午後一時頃、南海高野線〇〇駅の構内でホームから転落した男性が、やってきた上り電車に撥ねられて死亡する事故があった。大阪府警のその後の調べで、この死亡した男性は、大阪に本社のあるＡＢＣ鉄鋼の常務取締役だった川上宗一（59）さんであることが判明した。ＡＢＣ鉄鋼の広報部によると、川上さんはその日休暇を取っていたという、警察は事故と自殺の両面で捜査している。南海高野線はこの事故で約一時間半にわたって難波―橋本間の運行が停止し、約三万人が影響を受けた』

葵が見せてくれた携帯のネットニュースを読んだあと、幸助はしばらく何も言葉が出てこなかった。そういえば昨日から今日にかけて、テレビやネットのニュースをまったく見ていなかったことに気付いた。それは瑛美や高垣も同じだったようで、二人とも眉間に皺を寄せたまま黙りこくっていた。

常に情報に敏感になっていなければならない立場の人間が、大切なお客様の情報を逃していたこともさることながら、不幸があったことを何も知らずに、月曜日から川上を待ち続けていた無知の自分たちを大いに恥じた。

「今回の事故は、あまりにも虫のいい話だったにもかかわらず、いつまでも川上さんに甘えていた私への罰だと思います。本来、自分の生活は自分でなんとかしなければいけなかったのです。もうこれ以上川上さんに甘えるわけにはいきませんし、亡くなられたことで御社にもご迷惑をかけると思いますので、このお申込みはキャンセルして、川上さんからお預かりになられたお金はご遺族にお返ししていただきたいのです」

　葵の言葉にふっと我に返った幸助は、このあとどうすることが最善なのか、必死に頭の中で考えていた。

「しかし、ご遺族になんと言ってお金をお返ししましょうかね。まさかご遺族に内緒でマンションを借りようとしていたお金です、と正直には持っていけませんしね」

「どのようにお返しするかは、藤堂さんにお任せいたします」

「しかし、どっちにしても若山さんも四月から新しい部屋が必要でしょう。僕も頭を少し整理したいし、どういう解決が一番なのかお互いにもう少し考える時間を持ちませんか。せめて今週いっぱいお時間をください、お願いします」

「葵さん、今は精神的にもお疲れでしょうし、なにも今日決めなくてもいいと私も思います。社長の言う通りにしましょう」

　瑛美が幸助をフォローする言葉を言ってくれて、ようやく葵も頷いた。

　葵が帰ったあと、幸助は大学で同窓だった弁護士の西岡一平《いっぺい》に電話をかけた。一平は堺東駅前に自分の法律事務所を構えており、友人のよしみで通常よりかなり割安価格で登美丘駅前不動産の顧問弁護士を引き受けてくれている幸助の無二の親友だ。法律に絡むこと以外でも、悩みができるたびに幸助は一平に打ち明けていた。

「相変わらずお前のところはトラブルが多いな。面白いトラブルが多いけど」

　相談したい概要をある程度電話で聞いた一平は、いつも通りの毒舌で呟いた。

「おいおい、仮にも人が一人亡くなっているのに、面白いはないやろう」

幸助はいつもの一平節に、苦笑した。

「その常識論には一票入れておこう。それより今日は奢ってくれるんやろう。そのときにもう少し詳しく話を聞こうか」

お互いの胸の内は知り過ぎているほどの仲である。幸助がこの件をどうまとめたいか、既に理解した一平は、幸助に酒の催促をして笑った。

「もちろん奢らせてもらうよ。今日は堺東にする？それとも久しぶりに難波に出るか？」

幸助もすぐさま応じた。

「久しぶりにミナミで飲みたいな」

「オーケー、そしたら宗右衛門町のいつもの店で待ってる」

ミナミの宗右衛門町に、幸助のお気に入りのバーがあり、一平とミナミに出るときはほぼ毎回利用していた。

「社長、どうするおつもりですか」

一平との電話を終えた幸助に、瑛美が心配そうに尋ねた。高垣も瑛美のすぐ横に立って、不安げな表情で幸助を見ていた。

「持つべきものは優秀な部下と友達やな。心配せんと俺に任せとき」

幸助はとびきりの笑顔を見せると、瑛美と高垣の心配を吹き飛ばすように、明るい声で答えた。

6

五月最後の快晴の月曜日。涼しかった早朝から一転、ぐんぐん気温が上がり、汗ばむ陽気となった午前十時ちょうどに、葵は登美丘駅前不動産の扉を開けた。

あらかじめ葵の都合を聞いたうえで、今日のこの時間を指定していた幸助は、笑顔で葵を迎え入れた。

「少しは落ち着かれましたか」

先週よりは、いくらか元気を取り戻したように見えた葵に、幸助は優しく尋ねた。

「はい。おかげさまでだいぶ……。いつまでもくよくよしていても始まりませんし、そんなことは川上さんも望んでいないと思いますから」

「すばらしい。思った通り強くて立派な人ですね」

葵の健気な姿勢を見て、幸助は心の底からそう思った。瑛美と高垣も強い葵の姿にホッとしたように頷いてみせた。

「あれからいろいろと考えましたが、やっぱり契約をすることはできないと思いました。倫理上からいっても許されないことと思います。藤堂さんを始め、皆さんにはご迷惑をおかけすることになりますが……」

「合格です」

幸助は葵の言葉を遮ると、にっこり笑って言った。

「はあ？いえ合格とかではなく、本当にご迷惑を……」

「リビエール葵のルームクリーニングはいつ終わるんやったかな、鹿谷さん」

面喰いながらも言葉を続けようとした葵を幸助はまた遮ると、今度は瑛美の方を向いて言った。

「六月五日ですけど。でも社長……」

急に振られた瑛美もとまどいながら答えたが、その横にいた高垣は次に幸助が何を言い出すのか期待するような目で見ていた。

「というわけで、六月五日から入居可能です。」

「藤堂さん、からかうのはおやめください。私は契約できないと言っているのです。万が一川上さんに甘えることにしたとしても、前払いのお家賃がなくなれば私にはとてものお家賃は払えませんし、やっぱり私には分不相応の物件やと思います」

葵は幸助の意図が分からず、初めて声を少し荒らげて言った。

「社長、少し真面目に対応してあげてください」

思わず声を荒らげてしまったことを恥じる仕草を見せた葵を見て、瑛美もたまらず幸助に抗議した。しかし高垣の好奇な目は変わらぬままだった。

「いや、私は大真面目ですけどね」

幸助はその高垣の好奇な視線を受け止めながら、愉快そうに続けた。

「実は、うちの会社も新たな事務員を一人雇用したいと思っていましてね。現状、うちの事務仕事はこの鹿谷が行ってくれているのですが、彼女は最近営業の仕事も始めましたから、事務仕事はもう卒業させたいと思っていまして。なあ、鹿谷さんも営業に集中できた方がいいやろ？」

「それはそうですけど。えっ、もしかして社長、さっき合格って言ったのは……⁉」

ようやく幸助の意図に気付いた瑛美が声のトーンを少し上げた。高垣は自分の嬉しい予想が当たったようで、派手にガッツポーズをしていた。

「若山さん、これは本当に真面目な話なのですが、うちで我々と一緒に働きませんか。いや、ぜひ働いてください。お願いします」

幸助が正式に雇用依頼をして突然頭を下げたため、葵はびっくりして両手を口にあてた。

「雇用する条件として、今働いておられるところの給与額にいくらかの上積みと、リビエール葵の部屋を寮として提供することを約束します。一緒にがんばりましょう」

まだ呆然としている葵に、幸助は右手を差し出した。びっくりしてその手を握りかねている葵の前に、瑛美と高垣の右手も伸びてきた。

「そんな……私甘えすぎです……」

「若山さん、これは甘えではありませんよ。雇う側の思惑と雇われる側の思惑が一致した、至極真っ当な雇用契約です。いや、まだ若山さんの思惑はお聞きしていませんが、必ずや我々の思惑と一致するものと信じています」

「社長、最高です！」

瑛美は思わず叫んで我が事のように幸助の英断を喜ぶと、まだ握り返せないでいる葵の右手を自ら握りにいって、幸助と高垣とも握手をさせた。

「僕も若山さんと同じように藤堂社長に助けられて、先月から仲間にならせてもらったばかりの新人なんです。本当に温かい会社ですから、一緒に頑張りましょう」

高垣は先月自分が受けたときと同じ空気を感じて、我がことのように嬉しそうな素振りを見せた。

「本当にありがとうございます。なんてお礼を言えばよいのか……」

嬉し涙で目を真っ赤に腫らす葵を思わず瑛美が抱きしめた。

「今まで本当に苦労されましたね。これからはその苦労をお互いに分かち合いましょう。若山さんの経験された苦労の数々が、必ず我々のこれからの仕事に生きてきますよ」

「はい、がんばります」

幸助の最後の言葉に、ようやく葵が笑顔を見せた。

「ではそういうことで固い話は終わりましょう」幸助もようやく肩の力を抜いて、ホッとした声を出すと、瑛美と高垣の方を向き直り、「よし、今日は若山さんの歓迎会や。鹿谷さん、あのイタリアンに予約を入れて」と声を張り上げた。

「社長、実はそのすぐ近くに、今度は新しいフランス料理のお店がオープンしたの知りません？　今日はそこにしましょう！」

「イタリアでもフランスでもどこでもええで。よし、今日は早仕舞いや」

「いいですねぇ。四谷不動産やったら考えられない。最高の会社ですね！」

「葵さん、今日はじゃなくて、今日もなんですよ。うちの社長は宴会好きで」

幸助と高垣と瑛美の会話を、葵が心の底から楽しそうに笑って聞いていた。

7

大阪ミナミの宗右衛門町にあるバー『プリンス』で待ち合わせをしていた幸助は、一平の姿を見つけて笑顔で手を振った。

一平の隣に座り、顔見知りのバーテンダーから冷たいおしぼりを受け取ると、「いつものやつを」と告げて、おしぼりで顔を拭いた。一平もまだドリンクを頼んでいなかったようで、「同じものを」と言っている。

やがて運ばれてきたIWハーパー十二年のロックグラスで乾杯すると、「ご遺族さん、誤解せずに受け取ってくれたかな」と待ちきれないように幸助が一平に訊いた。

「俺を誰やと思ってる。うまく仕事に絡めた話をして、不動産を探していたという内容で納得してもらったよ。逆に思わぬ形で五百万円も戻ってきたから、奴さん喜んでたわ。なんぼ相続税で消えるのか、知らんけど」

「さすが一平やな。ありがとう。ところで川上さんはやっぱり事故死か」

「警察にいろいろと探りを入れてみたけど、今のところまだ事故とも自殺とも判断がつかへんみたいや。足が悪い人やったから誤ってホームから転落したとしても筋は通るし、癌の余命を苦に自殺でもおかしくはないからな。殺人の線だけはないと警察は言うとったけど。それかって、今後はどうなるか分からんで」

「一平は殺人の可能性もあると？」

「何も分からへんのやったら、そういう可能性もあるかも、というだけのことや。ただもうすぐ亡くなる可能性の高い癌患者を殺す人間がいるかな、という判断から警察は殺人はないと思っているんやろう。殺人を匂わす証拠も挙がっていないようやし」

「遺書もないらしいから、それやったら事故の可能性が高いということか……」

「そんなに気になるんやったら、大阪府警に知り合いがおるから、続報が入り次第教えるよ。それより、川上さんが足を悪くするきっかけになった昔の事故のことで、親戚の人から興味深い話を聞いたで。その事故は川上さんがまだ二十代のとき、当時付き合っていた恋人とドライブしていたときに遭うた事故らしい。前から居眠り運転のトラックが突っ込んできて、運転していた川上さんがそのトラックを避けようとして思わずハンドルをきったらしいんやが……」

生々しい事故の話に、幸助は思わず顔をしかめた。

「俺も何度か交通事故の裁判を引き受けたことがあるから分かるんやけど、運転手の心理というのは前から障害物が現れたら、咄嗟に自分から遠ざけようとしてハンドルをきる傾向にある」

「そら、そうやろうな」

幸助は自分が運転していると仮定して頷いた。

「そのときの川上さんもそうやった。そして咄嗟にきったハンドルの方向は右やった」

一平がハンドルを右にきる仕草をした。

「それは、つまり……」

幸助も真似をしてみて、思わず自分の左側を見た。

「そう、突っ込んできたトラックは、川上さんの車の左側、つまり恋人の座っている助手席側に衝突した」

一平はそこまで言うと、思い詰めたように一点を見つめて、ロックグラスに口をつけた。

「亡くなったんか」

話の流れから、最悪の答えは予想できたものの、幸助はそう訊かずにはいられなかった。

「恋人は即死。川上さんも一生足に後遺症が残る傷を負った。でもその体の傷以上に傷ついたのが川上さんの心の方やった。目の前で恋人が亡くなったんやから、当然かもしれへんけど、とにかく自分がきったハンドルのせいで恋人を死なせたと、川上さんはずっと自分を責めていたらしい。不可抗力やったとまわりがどんなに慰めても、あかんかったそうや。とにかく一途で真面目な人やったそうやな」

　幸助はお店で見た、あの真面目そうな川上のことを思い浮かべた。

「川上さんが一途で真面目なことは、若山さんへの対応にも滲み出ているよ。奥さんへの思いがあるから絶対に一線は超えない。でも自らトラウマになっているという交通事故をきっかけに知り合った若山さんのことも放っておけない。若山さんが息子以外は天涯孤独の人やったから、余計そういう気持ちになったんやろうな」

「それについては、この事故に遭った恋人の話に続きがあるんや。その事故で亡くなった恋人の住んでいた住所が、なんと和歌山市葵町やったわ」

「それほんまか。ということは、昔死なせてしまった恋人の住所と数十年後に目の前でひき逃げに遭った被害者の名前が偶然一緒やったということか。それで運命を感じた川上さんは若山さんのことを他人事と思えなかった。そして今度はその若山さんのために探していた賃貸物件の候補にまた葵が出てきた。それで即決めか」

「余命の告知もされていて時間があまりないという焦りも手伝って、余計にそういう判断になったんやろう。おい、今度はお前がその運命の人を引き継いだわけやから、また何か運命的なことが起こるかもしれへんで」

「ははは、あいにく俺はそういう運命がなんたらという話はあまり信じへんのや。ただ縁は信じるから、いい意味でいい縁になったらいいなとは思う」

「運命も縁も一緒と思うけど。ということは、そろそろお前も再婚か」

「アホ、入社してくれたばかりの部下を相手にそんな不謹慎なこと言うな。仕事の縁の話や。それと一つ訂正しとくが、俺は離婚はしてないからな。あくまでも別居や別居」

分かってるがな、と一平が幸助の肩に手を当てながらロックグラスを顔の高さまで上げた。

幸助もにやりと笑ってロックグラスを掲げると、「乾杯！」と改めて二人の杯を重ね合わせた。

旅竿地所事務所

1

「絵梨から聞いたんやけど、今不動産会社で働いているそうね」

高校時代の同級生だった小田葉月から鹿谷瑛美の携帯に連絡があったのは、梅雨空が鬱陶しい六月末のことだった。

勤務している登美丘駅前不動産が管理している賃貸マンションで、朝から消防検査の立ち会いに行っていた瑛美が、自席に戻ったタイミングで携帯が鳴った。

葉月とは高校卒業後、まったく連絡を取り合わなくなっていたが、共通の親友だった西垣絵梨から番号を聞いて、かけてきたらしかった。

自宅から一人でかけている、と言う割には、葉月はかなり声を潜めて話していた。あまり大きな声では言えない相談事でもあるのだろうか。

「そうやけど、突然どうしたの？」

懐かしさより、懸念の気持ちの方が大きくなった瑛美は、相手に合わせるように自分も声を顰め、すぐ前の席に座っている同僚の若山葵からも、無意識に視線をそらした。

「ちょっと相談があるんやけど、詳しいことは会って話したいねん。一度時間作ってくれへんかな？」

相当切羽詰まっている印象だ。これは、時を置かずに会ってあげた方がいいと、瑛美は直感した。

「いつがいい？」

少し優しめの声を出して、葉月が不安を感じないように話を合わせた。

「私、小学生の子供が二人いるから、遅くても五時までには家に帰らなあかんねん。せやから、明日か明後日のお昼ならありがたいんやけど……」

そういえば葉月は結婚して、今は京都に住んでいるという話を、絵梨がしていたことを瑛美は思い出した。

本日が木曜日なので金曜日か土曜日の選択になるが、瑛美にとってはどちらも仕事の日だ。事情を説明すれば、どちらの日でも社長の藤堂幸助は時間をくれるだろう。ならば、早い方がいいと瑛美は判断した。

「では明日の十二時に難波でどう？」

大阪まで出て行ってあげた方がいいと判断した瑛美は、そう葉月に提言してみた。

「助かるわあ。ありがとう、瑛美」

最後の一言でやっと葉月の元気な声が聞けたため、瑛美はひとまず安心して電話を切った。

「高校時代の同級生からなんです。高校卒業以来会っていない子なので、突然の電話にちょっとびっくりしました」

突然視線をそらせたため、気を利かせて何事もなかったかのように振舞ってくれていた葵に、瑛美が場を取りなすように話しかけた。

「何か相談事ですか？」

「そうみたいです。内容は会ってから話すと言うんですけど、すごく切羽詰まった感じでした。私が不動産会社に務めているから電話した、とも言っていましたね。まさか離婚するから部屋を探してほしい、とか言ってくるんやないやろうなあ」

瑛美はそう呟いてから、葵が母子家庭であったことを思い出し、「あっ、ごめんなさい。変な意味では……」と慌てて取り繕った。

「いいんですよ。そんな気を遣ってくれなくても、瑛美さんの言葉を絶対に変な意味で取りませんから」

葵が屈託のない笑顔を見せて、瑛美を安心させた。

「ところで、社長と高垣さんは、やっぱりまだのようですね」

気まずくなった瑛美は、話題を変えた。

登美丘駅前不動産は、社長の藤堂幸助と営業責任者の高垣雄一、そして同じく営業の鹿谷瑛美と事務員の若山葵の四人体制の小さな不動産会社であった。

互いに営業に籍を置く高垣と瑛美は、普段は一緒に行動を取ることが多かったが、本日は消防検査の立ち合いと物件の内覧が重なったため、朝から別行動を取っていた。

「はい。瑛美さんが帰られる少し前に高垣さんからお電話があって、内覧物件があと二件増えたので午後もそのまま社長と一緒に内覧してくるとおっしゃっていました。瑛美さんの予想通りです」

葵が、さすが、という表情をして、親指を瑛美に立てて見せた。

本日の内覧は大手の四谷不動産からの情報で、登美丘駅前不動産が直接買い取ることを前提とした内覧だった。そのため、社長の幸助が高垣を連れて直々に見に行っていた。

こういう登美丘駅前不動産が直接買主となる内覧には、四谷不動産の担当者である山本彰がいつも以上に気合を入れてくることは、目に見えていた。そのため往々にして内覧が一件だけで終わることはまずないと、瑛美は予想していたのである。

今日も出かける前は一件予定だったが、絶対に山本が別の物件情報も持ってくると瑛美は葵に宣言していた。

「ビンゴ、ですね」

予想通りの展開に思わず笑みがこぼれた瑛美は、「じゃあ、こちらも予定通り女子会ランチといきましょう」といたずらっぽく葵に声をかけた。

「はい、喜んで」

葵も嬉しそうに相槌をうった。普段の葵はお弁当持参で出勤することが日課だったのだが、「明後日のお昼は絶対に私たち二人になるから、たまにはランチを一緒に」と休み前の火曜日から瑛美が誘っていたのだった。

「瑛美さんと二人でのランチ楽しみです。ただし、割り勘でお願いしますね」

瑛美がご馳走するつもりでいることを見抜いていた葵は、やんわりと自分も払う意志があることを伝えた。

「ダメですよ。誘ったのは私の方ですし、今日はご馳走させてください」

葵が毎日お弁当を持参しているのは、母子家庭による家計の事情であることを十分に理解している瑛美は、慌てて首を横に振った。だからこそ、今日はご馳走するつもりで誘ったのだから。

「お気持ちは嬉しいですけど、今日甘えてしまうと次から行きにくくなるから。瑛美さんとはこれからも何度もご一緒したいし、そのためにも初回からフェアにいきましょう」

瑛美と葵は同年代で、厳密にいうと葵が二つ年上だった。会社では瑛美が先輩でも、三十三歳と若い瑛美がそこまで高給をもらっていないことは、葵にも分かっていた。

かたくなに割り勘にこだわる葵の言葉を聞いて、瑛美はふっと同じようなことを過去の自分も経験していたことを思い出した。

「いいよ。自分の分は自分で出すから。そうやないと次からもみんなと一緒に行けなくなるから」

瑛美が高校生のとき、通っていた学校の近くに大きなショッピングセンターができて、瑛美は同級生の友達数人と学校の帰りに遊びに行ったことがあった。そしてショッピングセンター内にあったコーヒーショップにみんなで入ろうということになったとき、あまり持ち合わせのなかった瑛美はみんなと一緒に入るか迷った。

そのとき友達の一人に、「瑛美ちゃんの分も私が出してあげるから一緒に入ろう」と言われ、思わず先のセリフを言ったのだった。

瑛美は小学校に上がる前に両親が離婚をしており、物心ついたときから母親の手一つで育てられてきた。母親は夜のホステスを務めながら瑛美を育ててくれたが、その生活は決して楽ではなかった。小遣いなどもほとんどもらったことはなく、高校生のときはコンビニでアルバイトをしながら学校に通い、むしろ家計にお金を入れていたくらいだった。

出してくれると言ったその友達は、そんな瑛美の苦労を知っていたからこそ、そう言ってくれたことは分かっていた。しかし分かっていたからこそ、瑛美はそんな同情を受けることが嫌だった。そして何より、そんな同情の上に親友関係が成り立つとは思えなかった。

自分自身が経験しておきながら……

瑛美は思わず苦笑して、自分で自分の頭を軽く叩いた。

「じゃあ、こうしましょう。次回行くときは葵さんが出してください。それでおあいこですよね。今日は葵さんと行くのが初めてですし、歓迎の意味合いを込めて、今日は私が出したいんです」

これが瑛美の本音だった。葵の事情が頭をよぎらなかったと言えば嘘になるが、一番の本音は葵の歓迎会を個人的にしたかったのである。仲間が一人増えたことの喜びを、素直に伝えたかっただけだった。

「ありがとうございます。そこまで言ってくれるのならそうしましょう。瑛美さんって本当に優しい人ですね」

葵が感謝の気持ちを込めてそう言ってくれた。

そして、そう言ってもらえた瑛美も嬉しくなった。

やがて毎時○分になるとメロディを奏でる室内の壁時計が、正午のメロディを奏で始めた。登美丘駅前不動産では、そのメロディを合図に、十二時まで昼休みに入る習慣になっていた。

「じゃあ行きましょうか。葵さんにぜひお勧めしたいパスタの美味しいお店があるんです」

瑛美が待ちきれないと言わんばかりに立ち上がった。

今から行くランチの場で、瑛美は自分も似たような境遇で育ってきたことを葵に打ち明けようと思っていた。もちろん同情してもらうためではなく、仲間として聞いてもらうために。

2

「それでは、行ってきます」

十一時二十分になったことを確認した瑛美が、席を立って言った。

「気を付けて。何かあったら電話してや」

幸助が軽く右手を上げて瑛美に声をかけた。高垣と葵も「お気を付けて」と手を振っていた。

昨日の葉月からの電話のことを幸助に告げた瑛美は、金曜日の午後から半休扱いにしてもらっていた。久しぶりに友達と会うのに、時間を気にしながらではよくないから、という幸助の心遣いだった。

十一時二十七分に登美丘駅を出る上りの電車に乗ると、難波駅に十一時五十五分に着く。葉月とは難波の丸井の前で待ち合わせをしていた。葉月と会うのは実に十五年ぶりのことで、お互いにすぐに分かるかどうか不安であったが、そんなことはまったくの杞憂だった。

定刻通りに難波駅到着の後、十一時五十八分に待ち合わせ場所に着くと、水色のワンピースに身を包んだ葉月が、十二時ちょうどにやってきた。一目見て葉月と分かった昔とほとんど変わらない顔つきは、昨日の声の様子から、やつれている姿を想像していたが、顔は丸々としており、高校生の頃よりは少しふっくらとした印象だった。

「ごめんね。わざわざ大阪まで出てきてもろうて」

「そんなこと気にせんといて。葉月の方こそ京都から遠かったんとちゃう？」

たわいもない言葉を交わした二人は、食事をしながらゆっくり話せるところを求めて、とりあえず道頓堀筋に出た。

インバウンドの復活で、平日にもかかわらず外国人を中心に道頓堀筋は混んでいたが、少し裏に入ると空いていた喫茶店があったため、そこに落ち着いた。

ランチタイムで食後にコーヒーが付いているオムライスを二つ注文すると、改めて瑛美は高校卒業以来十五年ぶりに会う葉月と面と向き合った。

相談内容がとても気にはなったが、まずは現況の報告をお互いにし合おうということになり、まず葉月が語り始めた。

葉月は短大を出て一年ほど働いたところで、すぐに子供ができてしまったので、できちゃった婚をしたということだった。今は小学校五年生の長男と小学校二年生の長女がいるらしい。

瑛美は？と訊かれて、未だ独身であること、十年水商売を経験したあと登美丘駅前不動産に就職したこと、などを答えていると、「付き合っている人はいるの？」と突然訊かれたため、「好きな人くらいは……」と言葉を濁し、「それより、今日の相談って何？」と慌てるように話を本題に戻した。

離婚でマンション探しが予想通りなら、この後夫の愚痴も聞かされるのかな、などと瑛美が警戒していると、葉月から返って来た答えは意外な内容だった。

「実は、実家の査定をしてもらえないかな、と思って……」

「実家っていうと、葉月の実家は堺のどこやったっけ？」

瑛美たちの通っていた高校は堺市内にあり、瑛美も含めた大半の学生は堺市内に住んでいた。葉月もご多分に漏れず、堺市内から通っていたと記憶していたが、家がどこかはさすがに覚えていなかった。

「それが、今瑛美が働いている登美丘駅前からすぐのところやねん」

葉月から住所を確認すると、確かに近かった。歩いて十五分くらいのところだろうか。ちなみに会社だけでなく、瑛美が現在住んでいるマンションからもすぐのところだった。比較的古い街並みが残っているエリアだ。

「査定というと、売却を考えてるの？ご家族は？」

「お父さんが五年前に、そしてお母さんも一年前に亡くなって、今は空き家やねん」

「えっ、ぜんぜん知らなかった。それは、ご愁傷様です。ごめんね、質問が悪くて……」

「知らんかったんやから、謝らんといて。それより迷惑かな、こんな相談して」

葉月がばつの悪そうな表情をして瑛美を見た。

「そんなことないよ。仕事柄、それはお役に立てると思う。じゃあ、今は葉月が相続してるってことやね？」

その質問を振ると、葉月がますます申し訳なさそうに顔を歪めた。

「相続はしたことはしたんやけど……」

瑛美の質問に対し、歯切れの悪い返事しかしない葉月を前にして、瑛美は辛抱強く彼女の次の言葉を待った。昨日の電話口の様子から察しても、何か深い事情があるに違いなく、いたずらに彼女をせかすのはよくないと判断した。

そこへタイミングよく注文したオムライスが運ばれてきたため、とりあえず食事に専念することにした瑛美は、「とにかく、まず食べよう！」と葉月にも声をかけた。

それからしばらくの間一言の会話もなく、黙々と食事を終えると、食後に運ばれてきたホットコーヒーを一口飲んだ後、葉月はようやく重い口を開き始めた。

葉月の説明を要約すると、およそ次の通りだった。

葉月には歳が一回り以上も離れた兄が一人おり、二十年以上も前から東京で暮らしているらしい。そして一年前に母親が亡くなった後、堺の実家はその兄と葉月の二人で相続した。その後、親の遺品整理や相続登記等をすべて兄に任せていると、この春に実家の売却も終わらせたという連絡が突然入り、葉月には相続分だというお金だけが兄から振り込まれてきたという。兄とは歳が離れているせいか、仲が悪いわけではないが、昔から何をするにしても言い返すことなどできず、親の入院や手術のときでも、何かと兄の考えに強引に押し切られてきた経緯があったということだ。

「売買契約書への私の捺印を取りに、不動産会社の人が京都まで来たんやけど、売買金額はたったの三〇〇〇万円やった。私に何の相談もなく、ね。お兄ちゃんの決断を信じへんわけやないし、遺産がもっとほしいとかいうわけでもないんやけど、お父さんとお母さんがあんなに大事にしてきたあの家が、その程度の価値しかなかったんやと思うと、なんかやるせんようになってしもうて」

葉月がしんみりとした声で言った。

「それで、本当にその程度の価値しかないのか、私に調べてほしいというわけやね」

葉月の口が重かった理由がようやく分かった瑛美は、つとめて明るく返した。

「私、不動産のことは全然分からへんけど、土地かてけっこう広いし、電車の駅も近いし、もうちょっと価値があるんちゃうか、と……」

身内のいざこざや遺産の額といった欲得相談に加えて、既に売却済みの不動産の査定相談である。確かに誰にでも簡単に話せる相談内容ではなかった。少なくとも、普通の不動産屋に持ち込んだら、相手にもされなかっただろう。

しかし瑛美は、そんな人には言いにくいことを、勇気を出して打ち明ける相手として、自分を選んでくれた葉月の気持ちが、逆に嬉しかった。そして何とか彼女の力になってあげたい、と心から思った。

それに、葉月の力になりたいと思わせた理由が、瑛美にはもう一つあった。

『瑛美ちゃんの分も私が出してあげるから一緒に入ろう』

そう言ってくれたのは、葉月だったのだ。

あのとき、その申し出は断ったけど、実はとても嬉しかった。今、あのときかけてくれた優しい一言に対して、お礼ができるチャンスだと思った。

「ありがとう、私を信じて相談してくれて。心配せんと私に任せて。堺の土地の査定やったら、毎日やってる業務やから、なんてことないよ」

瑛美のかけてくれた言葉に、葉月が感謝の表情を浮かべながら瑛美の手を握って来た。

「本当にごめんね。お金にもならへんことやのに……」

「やめてよ。お金のために動くんやったら、誰にでもできるやんか。私たち、親友でしょう?」

瑛美の一言に、葉月が照れくさそうに頷いた。

「じゃあ、せめてここのお会計は私が出すね」

「だめよ。親友なんやから割り勘」

「でも、私がお願いしてここまで来てもらったんやし……」

「じゃあ、こうしようよ。私が出した査定結果に満足してもらえたら、そのときは遠慮なく奢ってもらう。それでどうかな？」

「分かった。何から何までありがとう、瑛美」

二人は互いに見つめ合うと、最後はどちらも笑顔になって席を立った。

3

「ちょうどいい勉強になるんとちゃうか。査定は数をこなせばこなすほど身につくからな。大切な友達からの相談やし、仕事として取り組んで、高垣にも手伝ってもらったらええ」

葉月と別れた後、幸助に報告の電話を入れると、ありがたくそう言ってもらえた。

「ただし条件がある。今日はもう半休とっているからね。今から帰って来てやり始めるのはご法度や。全部明日からにして、今日はゆっくりしとき」

瑛美が早速会社に戻って査定をスタートさせようとしていることを見抜いた幸助が、笑いながら待ったをかけた。

幸助流の優しさに苦笑した瑛美は、「では、今日は難波でゆっくりお買い物して帰ります」と言って電話を切った。

といっても時刻はまだ十三時半。葉月の実家は、瑛美が現在住むマンションからもそんなに離れていないため、瑛美は今日中に現場だけでも先に見ておこうと思い立った。

幸助の気遣いにもまったく無視はできないので、高島屋のデパ地下で宣言通りの買い物とばかりに、高級弁当を母親の分と二つ買うと、瑛美は十三時五十分難波発の急行にそそくさと乗り込んだ。


一度家に帰って買い物した荷物を置いた後、十五時半頃に瑛美は葉月から訊いた住所地を訪ねてみた。

この界隈は戦後すぐに建った古い家が多く、道路幅も四メートル以下の狭い道路が多いところで、いわゆる不動産会社泣かせの地域だった。

現在の建築基準法では、『家を建てるための土地には接道義務があり、四メートル幅以上（地域によっては六メートル幅以上のところもある）の道路に二メートル以上接していなければならない』と義務付けられているため、道路幅が四メートルを下回るこの地域で家を建てる場合、必ずセットバックをしないといけなくなるのだ。

セットバックとは、幅が四メートル以下の道路に接する敷地に建物を建てる場合、敷地の端を道路の中心線から二メートル後退させることをいい、これに該当する土地の売買には特に慎重を期さないといけない例が多い。

格安の売買額から想定する限り、葉月の実家もご多分に漏れず、と思いながら探していると、どうやらここかな、と思われる物件に行きついた。

その物件は家こそ古いが、決して土地は狭くなかった。コピーをもらった売買契約書によると、土地面積は二三〇平方メートル。約七十坪（一坪＝三・三〇六平方メートル）もある、住宅地としてはかなり大きな土地である。

しかしその土地の前には、同じくらいの面積を持つ南隣の土地が前面道路をふさぐように横たわっており、葉月の元実家への間口は、細長い専用通路が南隣の東端から伸びているだけだった。

いわゆる「旗竿地」と言われている土地である。旗竿地とは読んで字の如く、竿に取り付けられた旗の形をした土地のことで、全面道路に面した土地の裏側にある土地のことをいう。その裏側の土地に通じる路地が竿で、路地の先にある裏側の土地が旗に見えるためにそう呼ばれていた。

前面道路に面した表の土地よりは格段に低い価格で取引されることが多いため、葉月の実家の売買価格もさもありなんといったところか。あとは、実際に売買された三〇〇万円という金額が妥当かどうかだった。

現状は、葉月の元実家の門にも、その前にある物件の門にも「天光《てんこう》ホーム（株）所有地」

という看板が掲げられていた。葉月の売買契約書の買主の名前で、この二筆の土地の買取りに成功したようだ。合筆するときれいな長方形になるため、おそらくマンションでも建てるのだろうか。ちなみに西隣には同様の広さの土地にマンションが既に建っていた。

「やっぱり本日中に現地に現れましたね」

天光ホームの看板を眺めていた瑛美の背後から、聞き覚えのある声が聞こえた。振り返ると高垣が笑いながら立っていた。

「社長がどんなに気を利かせても、鹿谷さんにとってはそれが迷惑なのではないかと思っていました」

「そういう高垣さんこそ、どうしてここへ？」

何となく高垣が来そうな予感を感じていた瑛美も、驚かずに笑顔を見せた。

「鹿谷さんと同じ理由ではないですか。ここに来ると、鹿谷さんに会えると思っていましたから」

高垣は鞄から奇麗にファイリングされた資料の束を二部取り出すと、一部を瑛美に渡した。中を開くと、葉月の元実家を中心とした周辺の土地謄本から始まり、建物謄本、住宅地図、路線価図、公図、周辺売買事例等の査定のイロハ資料がすべて揃っていた。

「明日土曜日で謄本取れないから、今日中に取るお願いをしようと思っていたんです。阿吽の呼吸とはこういうことですね。頼りになります」

気の利いた高垣の行動に、瑛美は白い歯をこぼした。

「さあ、今日中に現地調査を終えておいて、明日事務所でゆっくり査定金額を計算してみましょう」

「はい！」

実は瑛美は査定の勉強を始めたばかりで、現地調査も高垣に教えてもらいながらでないと進められないレベルだった。従って、あくまでも今日は現地を見るだけで、本格的な現地調査は明日改めて高垣と来なければ、と思っていたのだ。

「さあ、ここで見るポイントを言いますよ……」

てきぱきと指示を出す高垣の背中を頼もしそうに見つめながら、瑛美は現地の特徴を一つ一つ押さえていった。

4

「今日は、ここに用意した資料と、昨日の現地調査に基づいて、いよいよあの旗竿地の査定価格を出してみましょう。実際に売買された三〇〇〇万円という数字が、どこまで妥当な数字かを、我々の目で冷静に判断するのです」

葉月と会った翌土曜日の朝。業務時間が始まる午前九時から、瑛美と高垣は査定価格算出に取り組んだ。

幸助はお客様と約束があるといって、事務所には来ていなかった。二人で遠慮なく議論ができるように、気を遣って席を外してくれたのかもしれないと思い、瑛美は空席の幸助のデスクに向かって頭を下げた。

「旗竿地の価格を算出するには、まず表の土地の価格を出してから、現地の状況に応じてそこから何掛けの価値になるのかを見極めて、数字を出すのが常套手段です。ここでも表の土地である、旧重信武《しげのぶたけし》さんの土地の査定からしてみましょう」

幸い、ここと同じ前面道路に面した土地の売買事例は、レインズに多数存在していた。坪単価の平均価格は、約五十五万円から六十五万円での約定例がほとんどだった。道幅が広く駅にも近いため、堺市の中心街から外れているとはいえ、まずまずの人気を博している場所のようだ。

ちなみに、天光ホームが前所有者の重信武から買い上げた売買事例は、掲載されていなかった。宅建業者の買取り契約は、そのほとんどが転売目的のため、仕入れにあたる売買事例は公表しないというのが、業界の暗黙の了解なのである。

「表の土地は約七十坪あります。同じ前面道路に面する売買事例では、一番低い坪単価でも約五十五万円ありますから、この坪単価で計算してみると約三八五〇万円になりますね」

瑛美が計算機を叩きながら、数字を弾いた。

「低めに見積もった坪単価五十五万円はいい線ですね。他に古家の解体費用等を差し引いて、もう少しシビアにみたとしても、最低三五〇〇万円は確保できるでしょう」

高垣が付近の概略図の中にある表の土地に三五〇〇万円と書き込んだ。

「次に、いよいよ旗竿地の計算に入りますが、ここは何といっても、あの専用通路の幅がすべてになります。昨日、現地で鹿谷さんが測ってくれた数値は……」

「二・五メートルです」瑛美がすばやく答えた。

「そうですね。あの専用通路は、旗竿地の間口にもあたる部分ですので、二メートル以上あるというのは重要です。完全に再建築できる土地ということになりますからね。そうするとあの旗竿地は、裏の土地という十字架を加味したとしても、それなりの価値はあると考えられます。最低で見積もっても、その価値は表の土地の七から八掛けくらいはあるとみていいのではないでしょうか」

「そうすると……」瑛美が、素早く電卓を叩いた。「葉月の土地も表の土地と同様に約七十坪あるので、シビアにみた七掛けで計算しても、二四五〇万円の価値はあるということになりますよ！」

瑛美は大きな声で叫んだ。三〇〇〇万円と二四五〇万円とでは二〇〇〇万円以上の開きがある。

「これは一体どういうことなんでしょうか？」

瑛美は、わけがわからない、という表情で高垣を見た。

これが事実なら詐欺ではないか。

「確かに、今出した数字だけを見れば、詐欺と言っても過言ではないですね。しかし、ここで考えなければならないのは、こんな簡単にバレる詐欺的な数字を、業者が提示するかということです。葉月さんのお兄さんも、さすがに三〇〇万円は安過ぎると感じたはずなのに、最後は判を押している。この旗竿地には、そう計算せざるを得ない何か別の理由がある、と考えた方がいいでしょう。ではここからは、天光ホームが何故この数字を出したのか、という根拠を一緒に考えてみましょう」

浮足立つ瑛美をよそに、いたって冷静に事実を受け止めている高垣は、ここからがこの査定の本番とばかりに、姿勢を正した。

「実は、この旗竿地に通じる専用通路にも謄本があります。まずその謄本から、この専用通路の権利関係がどうなっているのか確認してみましょう」

高垣にそう言われて、瑛美は昨日受け取った資料ファイルを開き、何枚かある謄本から該当するものを探し出した。

見た目では道路でも、権利上は個人所有の土地になっている例が、街中にはよくある。まして、この専用通路のように、明らかに私道であるような場合は、ほぼ謄本が存在するとみて間違いなかった。

取り出した謄本を確認すると、現在の所有者はもちろん天光ホームだが、その前の所有者は前嶋和明《まえしまかずあき》と小田葉月となっていた。あの専用通路は、やはり葉月たちの土地だったのだ。

しかし、そうなるとますます意味が分からなくなる。専用通路も葉月たちの土地なら、旗竿地の間口として堂々と認められることになり、土地の価値は守られるのではないか。

高垣は、考え込んでいる瑛美の様子を見て、いいですか鹿谷さん、と声をかけた。

「この専用通路の贍本と昨日の現地調査の結果を照らし合わせて、気になる点が二つあります。一つは面積。そしてもう一つは現地の状況です」

高垣の言葉を聞いた瑛美は、すぐさま贍本の面積の数値を見た。そして、確かに大きな違和感を覚えた。

「一四・八七五平方メートル。これは、ちょっと小さすぎますね」

瑛美の言葉に、高垣が満足そうに頷いた。

昨日瑛美が現地で寸法を測ったところ、専用通路の寸法は、幅が二・五メートル、奥行きが十メートルだった。この数値から面積を算出すると、二十五平方メートルになるはずだ。

「そして、もう一つの気になる点と言った現地の状況ですが、あの専用通路が葉月さんたちの土地であれば、なぜ前面道路に面している部分に門を設けていなかったのでしょうか。専用通路なんかにせず、敷地内にしておけば良かったと思いませんか」

高垣の言うことはもっともだった。あの専用通路は葉月の実家に行く以外は、まず他人が使用しない土地だ。そして、それが自分のところの土地であれば、敷地にしておいた方が、防犯上の観点から見てもいいのではないか。しかし現実には敷地になっていなかった。それは何故なのか。

「膳本の面積が小さすぎることと重ねて考えると、考えられる答えは一つ。現状の専用通路は、すべてが葉月さんたちの土地ではない、ということやと思います。おそらく東側約一メートルの部分は南隣の土地なのではないでしょうか」

「つまり持ち出し道路ということですか」

瑛美が呟くように言った。

持ち出し道路とは、地権者が道路や通路のために自らの土地を提供していることをいう。もし高垣の言う通り、通路の東側約一メートルが南隣からの持ち出しであれば、専用通路の葉月側の幅は一・五メートルになる。すると面積は十五平方メートルとなり、膳本の数値とほぼ一致するのだ。

そしてそれは同時に、葉月の実家である旗竿地の間口が、二メートル以下になってしまうということも意味することにもなる。

「では、葉月の実家はやはり再建築不可になる、ということですね……」

瑛美が力なく声を出した。

「そう考えると、天光ホームの買取価格も頷けることになります。持ち出しをしている南隣の現在の地権者が、天光ホームですからね。逆に言えば、それくらいの根拠がなければ、あんな無茶な数字は出さないでしょう」

「高垣さんが査定しても、あの旗竿地が再建築不可なら、三〇〇万円の価値しかありませんか？せめて二四五〇万円の半額くらいの価値はないのでしょうか？」

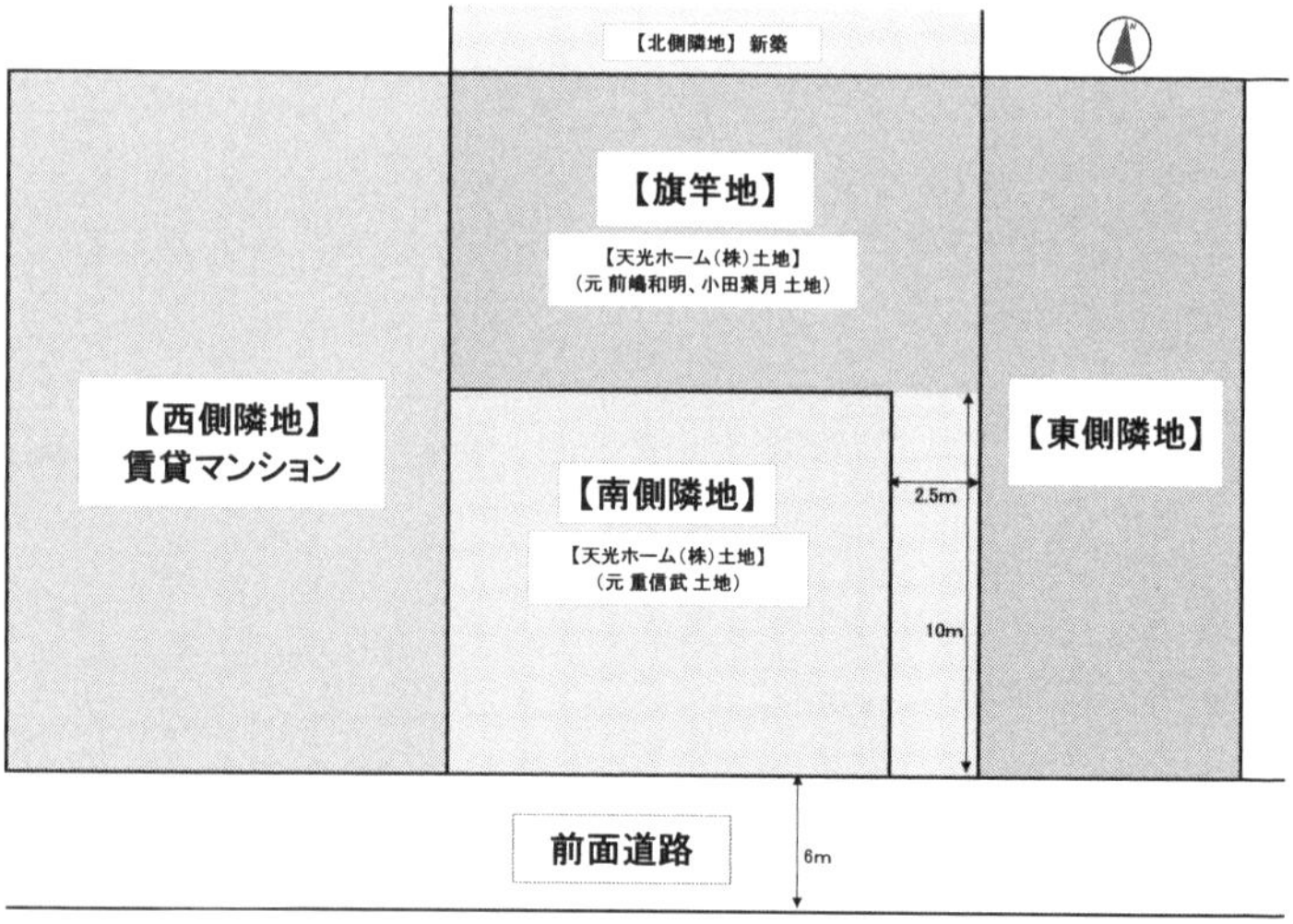

瑛美が、どうしてもやるせないという表情をして高垣を見た。その一メートルがあるかないかで、価格が八倍も違うのである。天光ホームは血も涙もないのか、という思いを瑛美は捨てきれなかった。

「確かに僕も、三〇〇万円は低すぎるのではないか、とは思います。不動産会社として、もう少し誠意を見せてあげてもいいのではないかと。ただ、ではいくらが正しい数字なのかというと、正直言って正解はないのです。冷静になって、あの旗竿地を誰が買いたいと思うかを考えた場合、現状では南隣の地権者しか思い浮かびません。つまり、南隣の言い値が、そのまま売買金額になるということですよ。仮にうちが仲介して、一般の人に売るとすれば、再建築不可物件である限り、売り文句は安さしかありません。そのとき買主さんは、いくらやと安いから買おうと思ってくれるでしょう。一〇〇〇万円ですか？五〇〇万円ですか？それとも一〇〇万円ですか？」

高垣の筋の通った説明に、瑛美は一言も返すことができなかった。確かに南隣の土地を天光ホームに抑えられている状態で、自分が仲介営業をしたと仮定したとき、一般のお客様には三〇〇万円でも売る自信はなかった。

それが現実なのである。

あの旗竿地に興味を示すのは、やはり南隣の地権者くらいだろう。そしてその地権者である天光ホームが旗竿地を買う意味は、転売のための仕入れ目的ということになる。その場合、価格は安い方がいいに越したことはなく、そういう意味で天光ホームは、上手に仕入れをしたともいえるわけである。

「天光ホームの提示額は妥当、と葉月に伝えるしかないようですね」

瑛美は力なくそう言うと、はぁー、とため息をついた。

しかし、そんな落ち込む瑛美に高垣は、「そう簡単に諦めるのもどうなんでしょう」と今度は、一八〇度違うことを言ってきた。

「一般の不動産会社の仕事であれば、その答えで十分でしょう。でも、我々はそんな一般の不動産会社ではなく、葉月さんの親友が在籍している不動産会社ですよね。葉月さんのためにも、もう少し深く考えることに挑戦してみませんか？」

高垣が不敵な笑みを浮かべている。

「どういうことですか?」

慰めの言葉にしては、やけに自信ありげだ。高垣のここまでの説明はほぼ完ぺきと思われ、これ以上、何を深く考えるというのだろうか。

「何事も諦めたらそこで話は終わりです。あの旗竿地を欲しがる先が、本当に南隣だけなのかを、もう一度検証してみましょう」

「でも、それが南隣の地権者しかいない、と言ったのは高垣さんですよ」

「それは、天光ホームが出した三〇〇万円の根拠として言っただけです。いわば天光ホームサイドに立った意見ということですね。現実にさっきの僕の説明で、鹿谷さんもその結果を受け入れたわけですから、葉月さんのお兄さんが説得されたのも致し方なかった、というわけです。つまり、天光ホームは詐欺を働いていなかった、ということを証明したに過ぎません」

高垣が何を言いたいのか、まだ理解できず、瑛美は戸惑った表情を見せた。

「言っている意味が、よく分かりませんけど……」

「簡単な話ですよ。さっきは天光ホームサイドに立った査定でしたから、今度は葉月さんサイドに立った査定を考えましょう、と言っているのです」

高垣はにやりと笑うと、旗竿地の概略図を手にして、改めて瑛美の前に置いた。

「再建築不可の土地を再建築可能に変更する場合、どういう方法が考えられますか?」

高垣が瑛美に試すように訊いた。

「それは、幅員四メートル以上の道路に、間口が二メートル以上接するようにする、ということですよね？」

「その通りです。では、葉月さんの実家の場合、具体的にはどうしたらいいですか？可能性のある答えをすべて挙げてみてください」

高垣が概略図を指差して、重ねて訊く。

「えーと、まず一つ目は、専用通路の持ち出しの土地を買い取ることですね。二つ目は、今回の売買である南隣との合筆。それ以外は……」

瑛美が概略図の上をなぞるようにして、他の方法を探した。

「難しく考えないで。南隣との合筆の答えが出たなら、それと同じ方法があと三か所あるでしょう」

高垣の出したヒントに、瑛美の表情がぱっと明るくなった。

「そうか！西隣、北隣、東隣ともそれぞれ合筆してもいいわけですね！」

瑛美の声のトーンが高くなった。

「正解です。この三か所の土地は既に再建築可能の土地であるわけですから、葉月さんの実家と隣り合っている以上、合筆すれば自ずと葉月さんの実家の土地も再建築可能になるというわけです」

瑛美は目から鱗が落ちる思いだった。土地の形状やバランスからいっても、合筆は南隣だけと思い込んでいて、この発想はまったく浮かんでこなかった。

「ただ、西隣には築三年という比較的新しいマンションが建っていますし、北隣も昨年建てたばかりの新築物件のようです」

高垣がそれぞれの建物謄本を見て言った。建物謄本には、新築の時期が明記されていた。

「この二筆のそれぞれの所有者が、新築を建てたばかりの現状で、今さらあの旗竿地に興味を示したかというと、その可能性は限りなく低いでしょうね。しかし、東隣はどうでしょうか。昨日見た限りでは、古家のうえに現在は空き家のようでした。声をかける価値がある可能性はあります」

「でも、葉月の実家は既に天光ホームに買われてしまっているんですよ。今さらこんなことを調べても意味ないいんやないですか？」

高垣の指摘は面白いと、確かに瑛美も思った。しかし、今さらそんなことを考えてどうなるのかという気持ちが、棘のある言い方となって出た。

「それは鹿谷さんらしくない言葉ですね。今日どうして我々はこの家の査定をしているのですか。葉月さんに真の価値を調べてあげるためではなかったのですか。東隣の地権者がもし興味を示せば、三〇〇万円の価値を提示した天光ホームに対して、一矢報いることができるかもしれないんですよ。それに何より、空き家の地権者に営業に行くことは無駄なことですか？」

高垣の真剣な眼差しを見て、瑛美は急に自分の言った言葉が恥ずかしくなった。高垣の言う通りだ。

東隣へのアプローチは、葉月に対する真の答えを探れる可能性があると同時に、大切な空き家営業にもなるではないか。自分は何を後ろ向きな発言ばかりしているのだ。

「元々は、私がお願いしておきながら、否定的なことばかり言ってしまって、恥ずかしい限りです。高垣さん、本当にすみません。この東隣の地権者に話を訊くまで、高垣さんと一緒にやり遂げてみたいです」

瑛美は心から謝罪する気持ちで、高垣に頭を下げた。

「ははは、そんな大げさな。理解してくれたらそれでいいのですよ」

高垣は照れくさそうに笑ってそう言うと、「あっ、それから……」と何かを思い出したように声を上げた。

「葉月さんにお電話してもらって、元、南隣の地権者だった重信武さんとの間に、持ち出し通路に関する覚書を結んでいなかったか、確認しておいてください。もしそれが存在すれば、内容をぜひ確認したいので」

「了解しました！」

高垣への信頼度がますます高まった瑛美は、早速スマホを取り出すと、葉月の番号を探した。

5

「両親が亡くなる前に、見せてもらったことがあるような気がする。そういう重要書類はすべて兄が持っているから、一度確認してみるね」

葉月の返事に、瑛美は満足そうに電話を切ると、その旨を高垣に伝えた。

そして、さあ次は……と、次の指示を高垣に仰ごうとしたとき、「あまり、頑張りすぎないで、少しゆっくりしてくださいね」と、葵が温かいお茶を淹れて、二人の労をねぎらってくれた。

「若山さんの言う通りです。少し休みましょうか」

高垣もそう言って、伸びを一つすると、葵の淹れてくれたお茶を、美味しそうに口に含んだ。

時刻は午前十一時過ぎ。朝の九時からぶっ通しで査定作業に没頭していたため、一息もついていないことに瑛美も気付いた。

「ありがとう、葵さん」

瑛美は笑顔を見せると、葵が淹れてくれたお茶を一口啜って、ほぉと大きく息を吐いた。

隣では高垣が、同じようにお茶を啜りながら、東隣の謄本を眺めていた。

東隣の所有者は、高田重子《たかだしげこ》とあり、住所も同じ場所で登記されていた。昭和三十年三月三十一日に一番目に登記された所有者で、以降一度も所有権移転はされていない。金融機関の抵当権も一切ついておらず、至極シンプルな謄本だった。建物は昭和五十年に建て替えた家のようだが、それでも築約五十年になる古家である。

「昨日現地を見たところ、ポストの口には養生テープが貼られ、電気メーターも動いていなかったので、現在はほぼ空き家とみて間違いないでしょう。その現地の状況とこの謄本から、この土地の所有者について、考えられることは三つあります」

高垣が指を三本立てて言った。

「一つ目は、高田重子さんがご高齢のため、施設か病院に入られているパターン。これは高田重子さんが独居老人であることが前提ですが、けっこう可能性が高いと思われます。二つ目は、高田重子さんが既に亡くなられていて、相続が発生しているけれども、相続登記がまだのパターン。これも一般的によくある例です。相続登記は、相続発生後にすぐにしなくても罰則とかはないですから、放ったらかしにされていることは多いのです。そして三つ目ですが、既に売却が決まっているけど、引き渡しがまだのパターンです」

なるほど、と瑛美は頷いた。どれも考えられるパターンだ。特に三つ目のパターンなど、天光ホームがここも既に買い取っている可能性も大いにあり得る、と思った。

しかし、天光ホームが買い取りをしている可能性に関しては、高垣が即座に否定した。

「いや、天光ホームがもし買い取っているなら、契約決済を同時に行っているはずなので、所有権は既に移転しているはずです。天光ホームに限らず、業者はどこでも契約決済を同時にすることが多いですからね。三つ目のパターンやとしたら、買主は一般やと思います」

そういえば、幸助が登美丘駅前不動産として買い取る場合も、いつも契約決済は同時に行っている。高垣の指摘は的を得ていた。

「いずれにせよ、三つ目のパターンでしたら、さすがに我々の出る幕はなくなるので、一つ目か二つ目のパターンを祈りましょう。でも、高田重子さんご本人にせよ、相続人さんにせよ、この物件の現在の所有者に会うことは、なかなか簡単ではないと思います。でも逆に言えば、簡単にお会いできる人なら、それこそ天光ホームに先に買われていますよ」

高垣のポジティブな意見に、瑛美も賛同した。ものは考えようだ。我々が簡単にできるなら、他社も簡単にできる。適度に難しいから、まだ売れていないと考えると、やりがいもあるというものだ。

「とりあえず、二つ目のパターンなら、弁護士の先生が追跡調査をできるはずなので、社長に許可をいただいたうえで、西岡先生に後ほど確認をお願いしてみましょう。問題は、一つ目のパターンのときですが……」

高垣が、目を閉じて腕を組みながら考え込み始めた。しかし、すぐに目を開けると、にっこり笑って「考える時間があったら動きましょうか」と立ち上がった。

「ご近所さんでの聞き込み、ですね」

瑛美は、高垣の意向を確認すると、同調するように立ち上がった。

「営業の仕事は、どこまでいっても泥臭く、が基本です。ただその前にお昼にしましょう。腹が減っては戦ができぬ、とも言いますからね」

高垣の言葉を待っていたかのように、壁時計が、正午のメロディを奏で始めた。

瑛美は、葵も一緒に誘いたい気分だったが、今日は前もって声をかけていないので、いつも通りお弁当を持ってきているのだろうな、と思ってふと葵を見た。

すると、お弁当を用意するでもなく、頭に右手の人差し指を当てて、じっと考え込んでいる葵の姿が見えた。

6

「葵さん、どうしたんですか？」

考え込んでいる葵に、瑛美が訊いた。

「あのう、お二人の今のお話を訊いていて、ちょっと思いついたことがあるんですけど」

瑛美の言葉に反応するように、葵が話し始めた。

「その区域の民生委員の方に訊けば、高田重子さんの現状が分かるのではないでしょうか」

「民生委員？」

瑛美は久しぶりに訊いたその言葉の響きに、一瞬懐かしさのようなものが胸に込み上げた。

遠い昔、母親が働きに出ていて、毎日自宅で一人留守番をしていた頃、そういう肩書を持った優しいおじさんから、「何か困ったことはないですか？」といつも声をかけてもらっていた記憶が蘇った。

民生委員とは、社会福祉の観点から住民の立場に立って相談に応じ、必要な援助を行う社会奉仕者のことである。主に、障害のある人、高齢者、生活保護を受けている人、子育て世代、妊産婦、母子家庭、父子家庭などの世帯に対して相談に応じ、援助を行うこと等を役割としている。民生委員に選任される人は、町内会・自治会や地域福祉関係の代表者で構成される地区民生委員候補者選考委員会で適任者を推薦され、市推薦会・市社会福祉審議会を経て、市長が適任と認めた者について厚生労働大臣に推薦され、同大臣より委嘱される仕組みとなっている。

あの頃、瑛美の家は母子家庭だったため、気にかけてもらえていたのだろう。もしかしたら、母親が直接相談などにも行っていたのかもしれない。

「実は、現在私の家が母子家庭なので、よくご相談に乗っていただくことがあるんですけど、あの方々は、本当に街の住民の皆さんの現状をよく把握されていらっしゃいます。その高田重子さんという方がもし独居老人の方なら、必ずその地区の民生委員の方が何かを知っておられると思うんですが……」

「私も昔お世話になったことがあります。それ、とてもいい考えですよ！」

葵の閃きに、瑛美が即座に反応した。逆に言葉では知っていても、直接そういう人たちと接したことがなかった高垣の反応が一番遅かった。

「その地区の民生委員の方がどなたなのかは、どうやって調べたらいいのかな？」

ようやく意味を理解した高垣が、遅まきながら盛り上がって、パソコンで民生委員を調べ始めた。

「市役所に問い合わせたら分かると思いますけど、今日は土曜日ですね。でも、高田重子さんの住所から想像すると、私が現在お世話になっている方と同じ人かもしれません」

瑛美は、すっかり昼食後に民生委員のお宅を訪ねてみる気持ちになっていた。それが場所の確認をするために、月曜日まで待つのは気持ち的に辛いと思った。

　電話番号を知っているので直接訊いてみます、と言って電話をかけてくれている葵の横で、瑛美は同じ人であることを願った。

　やがて電話を終えた葵は、にっこり微笑んで瑛美と高垣の方に振り返った。

「やはり同じ方でした。和田晃司さん。住所は堺市東区北野田〇〇。電器店を営んでおられる方で、私がいつもご相談している方です。今日の十四時にアポイントをもらいましたので、直接お二人で訪ねてみてください」

　葵の言葉を訊いて、瑛美は思わず葵を抱きしめた。横で高垣も笑顔だった。二人は、着実に高田重子に近づいていることを実感していた。

7

　民生委員の和田晃司の電器店は、登美丘駅から高田重子宅に向かう途中にあり、すぐに分かった。入口の横には民生委員を示すシールが貼られていたので、瑛美と高垣は顔を見合わせて頷きあった。

「あー、高田さんとこね。あの人は認知症を患われて、河内長野にある老人ホームに入られたんやなかったかな。お身内の方がおられなかったので、今は後見人である司法書士の先生が建物を管理されているはずやで」

簡単なパネルで仕切られた応接室のようなところに通された二人に、見た目六十歳前後と思われる和田が、はきはきとした口調で高田邸の現状を教えてくれた。

相続物件ではなく、後見人が管理している物件ということを聞き、高垣は和田には見えないように、瑛美に向けてこぶしを握った。

「後見人の司法書士の先生は何という方ですか？」

高垣の問いに、「ちょっと待ってな」と一度席を立った和田は、『民生委員関連』とテプラで書かれたシールが貼られたファイルを抱えて戻ると、そこから一枚の名刺を取り出して瑛美と高垣の前に置いた。

司法書士・穴山健太郎と印字された名刺で、住所を確認すると堺市南区鴨谷台○○と書かれていた。泉北ニュータウンと呼ばれる昭和の時代に開発された新興住宅地の中にある、自宅兼事務所のようだ。

「すごくいい先生やから、直接電話かけはったらええんちゃうかな。和田から訊いたと言うてもろてもかまへんから」

至れり尽くせりの対応に、丁重にお礼を言って和田電器店から引き上げると、瑛美が早速名刺に書かれていた電話番号にかけてみた。

土曜日だったが、穴山は仕事をしていたらしく、「良かったら今からいらっしゃい」と言ってくれた。車だと三十分くらいで着きそうな距離である。

「すぐにお伺いさせていただきます」

瑛美は、目の前に相手がいないにもかかわらず頭を下げて電話を切ると、親指を立てて高垣を見た。

電話では、もちろん登美丘駅前不動産の名前と、高田重子の土地のことでお邪魔するという相談内容も告げていた。その上で会ってくれるのだから、売却を考えている可能性も大いにあった。

葉月の実家の旗竿地に興味を示す可能性は、後見人の登場でほぼなくなったが、売却物件の媒介獲得という、それ以上に大きな副産物を手にできる可能性に出会い、瑛美と高垣の胸は自然と高鳴った。


司法書士・穴山健太郎の事務所は泉北高速鉄道の光明池《こうみょういけ》駅から徒歩十分くらいのところにある、自宅兼事務所の白い三階建ての建物だった。一階が事務所、二階と三階が自宅になっている仕様で、一階事務所入り口横から階段で二階にある自宅玄関にも直接行ける造りだ。階段上には奇麗な花を咲かせた鉢植えが丁寧に並べてあり、穴山の人となりが分かる気がした。

近くのパーキングにプリウスを停めた高垣と瑛美は、十五時ちょうどに穴山の事務所の扉を開いた。

「高田さんは、ちょうどこの春に希望していた施設に入ることができましてね。秋くらいから売却手続きを始めよう、と思っていた矢先ですよ。営業に来られたのは御社が一番なので、このご縁は大切にさせてもらいましょうかな」

社長の幸助とほぼ同い年ではないかと思われる、痩せ型で背の高い穴山が屈託のない笑顔を見せて言った言葉を聞いて、瑛美と高垣は笑顔で視線を交錯し合った。

「当社が一番最初とおっしゃいますと、お隣の天光ホームさんはまだお見えになられていないのですね？」

高垣は、隣の元・重信邸と元・葉月の実家の玄関に天光ホームの看板が取り付けられてあるため、敢えて天光ホームの名前を出して訊いた。

「まだですな。あなた方のように、民生委員さんを通じて私までたどり着く営業マンさんはなかなかいないですよ。私は今までも、後見人さんの家を売却した経験が何度もありますが、いつも既に取引したことのある不動産会社に、私から持ち込んでいるのです。営業に来られたのは初めてかもしれない。今回も……」

そう言ってくれる穴山の一言一言が、瑛美の心に心地よく響いた。

ここまでたどり着けたのは、葉月の相談のために有休まで用意してくれた幸助、作戦を考えてくれた高垣、そして民生委員のアイデアを出してくれた葵、という登美丘駅前不動産の仲間みんなのお陰だ。

そんな感傷に浸っていると、「本当ですか！」という高垣が大きく反応した声に、瑛美は現実に引き戻された。穴山の先ほどの会話の続きを、何気に聞き流していたが……。

「ええ、本当です。実は高田重子さんのお宅の隣に住んでいた重信武は、私の高校の同窓生でしてな。彼は登美丘東病院の医師で、高田重子さんの担当医でした。元々、私が高田重子さんの後見人を務めることになったのも、重信から紹介されたことがきっかけですわ」

高垣が一瞬ポカンとした表情をして、瑛美を見た。

瑛美はその高垣の表情に答えるべく、無意識のうちに聞き流してしまった穴山の会話の続きを、必死で思い出そうとした。

「営業に来られたのは初めてかもしれない。今回も御社が来られなかったら、○○に頼むつもりでした……」
○○に頼むつもりでした、って、どこに頼むつもりと言ったっけ……高垣さんがあそこまで驚いたということは……というより、穴山先生と重信さんが友達？……最初の一文字は夕行やったような……
そのとき、続けて言った穴山の言葉の中に、もう一度その業者の名前が出てきた。

「重信が土地を売却したときも、彼に頼まれて私が移転登記の手続きをしましたからな。その縁でその北隣にあった旗竿地の移転登記も私がしました。その縁で考えていくと、この高田重子さんの家も、当然天光ホームに持ち込むつもりでしたよ。隣ですからな。しかし、その前にあなた方が今日来られたというわけですわ。私はこういう縁を大事にする人間なんです。あっはっはっ」

人懐っこい表情を崩して、豪快に笑う穴山を見て、今度こそ瑛美もポカンとした表情をした高垣の驚きを理解した。

目の前にいる穴山は重信武と友達の上、その重信武の土地と葉月の実家の土地の移転登記を引き受けていたという。

今回の葉月の実家にまつわる売買の中で、唯一不可解だったのが南隣の重信武の動きだった。葉月の実家の専用通路に対する重要な権利を持っていながら、葉月たちに何の相談もなく天光ホームに売却したことが、どうしても解せなかったのである。それが、移転登記をする司法書士を紹介するほどの間柄だったというのは、どういうことだろう。

いやそれよりも、この穴山はその両方の売買に立ち会って、葉月の実家の金額が三〇〇万円という数値を見て、何の疑問も感じなかったのだろうか。いったい、重信武の土地はいくらで売買されたというのだろうか。

その疑問に対する答えが今、ようやく明かされようとしていた。


「今回の売却の仲介をさせていただくにあたり、穴山先生は売却金額をいくらで希望されておられますか？」

高垣がいたって平静を装った声で訊いた。本音は重信武の土地の売買金額を直接訊きたかったのだが、個人情報云々がうるさい昨今、他人の売買金額はおいそれと教えてはくれないだろう。ならば、その隣の土地の売却希望金額を訊けば、およその想像はつく。

しかしその懸念そのものが杞憂に終わった。なぜなら穴山の方から、平気な顔をしてその訊きたかった答えを明かしてくれたからである。

「重信の土地が古家付きで坪単価五十万円計算でしたからな。ここはその隣ですから、同じ坪単価なら天光ホームが買ってくれると思うが、実はその金額は少し安いと思っておるのです。ここは強気に坪単価五十五万円で、一般のお客様に売り出してみるのはどうでしょうか」

重信武の土地の売却金額が坪単価五十万円。穴山は確かにそう言った。では、葉月の実家は？三〇〇〇万円の売買金額に、まったく疑問を感じなかったのか？

瑛美のその疑問を当然のごとく共有している高垣が、ずばり穴山に訊いてくれた。

「ちなみにその土地の北側にあった旗竿地の売却金額は三〇〇〇万円と訊いているのですが、穴山先生はその金額が安すぎると思いませんでしたか？」

「ん？三〇〇〇万円とはどういうことです？」

穴山が不審そうな表情になって、逆に高垣に訊いた。不審に思った理由が、高垣がその金額の情報を知っていたからだと思った高垣は、その理由を穴山に説明した。

「実はその旗竿地の持ち主が、ここにいる鹿谷の同級生でしてね。ここだけの話ですが、その彼女が天光ホームに安く買い叩かれたと、この鹿谷に愚痴を言ってきたのです」

高垣は愚痴という表現を使って、少し穴山にも避難めいた口調で言った。しかし、その発言に対する穴山の回答は、さらに瑛美と高垣の耳を疑う内容だった。

「でしたらあなた方は、その同級生にからかわれているのですよ。三〇〇〇万円なんてとんでもない。重信があの旗竿地に通じる専用通路に対して持っていた権利をすべて旗竿地の地権者、すなわちあなたのお友達に無償で譲りましたからな。確か二三〇〇万円の売買契約を結んだはずですよ。それでも重信の土地よりは安かったから、お友達も愚痴を言ったのでしょうが、あなた方は二の数字を聞き落としたのではないですか」

なんとも言えない微妙な空気がその場に流れた。そしてその空気を破ったのは高垣だった。

「穴山先生、本日はありがとうございました。もしかしたら今のご発言を、近い将来証言としてお願いするかもしれません。そのときは、ぜひご協力をお願いします」

今度は穴山がぽかんとした表情を浮かべた。その唖然としている穴山の前で、瑛美と高垣はお互いに頷き合って立ち上がった。

8

ミナミの宗右衛門町にあるバー『プリンス』は、若者中心に混んでいた。四つのテーブル席は全て埋まっており、十席あるカウンターも半分は客が座っている。

今日は天神祭の花火が打ち上がった夜のため、ミナミにもかなりの人出が出ているようだった。

店内は浴衣姿の女性も数人いて、いかにも天神祭の夜という雰囲気を醸し出していたが、最近は浴衣イベントをする夜の店も多いため、彼女たちが一般の女性なのかホステスなのかは幸助には区別がつかなかった。

　そのカウンターの一番右奥で、一人静かにロックグラスを傾けている西岡一平を見つけると、その左横のスペースに置かれた「予約席」の札の前に幸助は近づいた。

「すまん、遅くなった」一平に軽く右手を上げて席に座ると、「同じものを」とカウンター内にいるバーテンダーに声をかけた。

「別に。俺も今来たとこや」

　一平はにやりと笑いながら、飲んでいたロックグラスを顔の前まで掲げると、まもなく出てきた幸助のグラスと杯を合わせた。

「また、いろいろと面倒をかけたな」

　幸助がお礼の言葉を一平にかけた。

「どういたしまして。というか、お礼を言われるほど大した仕事を今回はしてないけどな」

　一平が照れ笑いしながらまたグラスの酒を口に含んだ。親友ということを差し引いても、弁護士の肩書を自慢する態度を絶対に取らない一平の姿勢が幸助は好きだった。

　司法書士の穴山の証言で、葉月の実家の旗竿地が二三〇〇万円で売買成立していたことが判明したのが先々週の土曜日。その報告を受けた幸助は、すぐさま一平に連絡を取り、事実解明に取り組んだ。そして解明された事実は、瑛美の親友である葉月にとっては辛いものとなった。

葉月の兄和明は、天光ホームの担当者である柴田と手を組み、実家の売却に対して二重契約を行っていたのだ。前嶋和明と柴田浩一は大学の同窓生だった。

ことの発端は、和明が実家の売却を考えるにあたって、親友の柴田に相談をしたのがきっかけだった。相談を受けた柴田は、当初はまったく悪意はなく、親友の旗竿地を少しでも高く売れるように奔走していた。

やがて旗竿地売却の基本ともいえる隣地営業の過程で、表の土地の所有者である重信武も売却を検討していた情報を掴むと、今度は天光ホームの社長・山家肇《やまいえはじめ》が動いた。

山家は、西隣にあるマンションと同等の物件を建てるべく、表の重信武の土地と裏の前嶋の旗竿地を同時に買付けることを柴田に指示し、結果重信武の土地を三五〇〇万円で、前嶋の旗竿地を二三〇〇万円で買付することに成功したのだった。

このとき、柴田が一番苦心したのが、親友の前嶋の旗竿地の買取り金額だった。親友のためには高く売ってあげたいが、会社の人間としては安く買わなければならない。買主が自ら在籍する会社になったことで、柴田は悩んだ。

社長の山家からは、当初旗竿地であることを理由に重信武の買取価格の四分の一を提示されたが、重信武が前嶋家の専用通路に持ち出ししている土地を無償で提供する気持ちがあることを訊くと、それを根拠に二三〇〇万円という金額を山家に納得させた。

しかし今度は前嶋が納得してくれなかった。専用通路を二・五メートル確保したのだから、価値は重信家の土地と変わらないと主張して引かなかったのである。

板挟みに悩んだ柴田は、前嶋の所有権が二分の一であることに着目した。そして、二重契約を前嶋に持ち掛け、二三〇〇万円と三〇〇〇万円の二つの契約書を作成し、前嶋の取り分が大幅に増えるように画策したというわけだった。ちなみに柴田は前嶋からお礼として、二〇〇万円の現金を受け取っていた。

一平は葉月の代理人となって柴田と前嶋の不正を告発し、葉月の利益を取り戻すと、今度は天光ホームの山家と交渉。登美丘駅前不動産や穴山司法書士にも迷惑をかけたと反省しているところに上手につけ込み、高田重子の土地も穴山の希望価格で買い取らせることに成功していた。

「冷静に考えたら、天光ホームも山家も被害者やったけどな。それを加害者のように反省させて、こっちの商いにプラスになるように仕向けてくれたんやから、やっぱり一平は凄いわ」

「おいおい、それは誉め言葉になってへんぞ。まるで今度は俺が詐欺師のような言い方やないか」

「半分そのつもりで言ったんやけどな」

幸助のからかいに、一平が苦笑しながら幸助の頭をちょこんとこついた。

「冗談はさておき、瑛美ちゃんを始めとする幸助のところの社員たちには、夏のボーナス弾んであげないとあかんで。今回は大手柄や」

「そうやな。鹿谷さんの友達思いに始まって、高垣と若山さんの仲間を思う心で不正を暴き、挙句うちに新規の仲介手数料まで落としてくれたんやからな。良い部下持って、俺も鼻が高いわ」

「しかし今回の事件のすべての鍵は、同級生やったな。瑛美ちゃんと小田葉月さん、前嶋和明と柴田浩一、そして穴山司法書士と重信武さん……」

「ほんで、俺とお前や」

「俺らはおまけやけど。それにしても今回改めてつくづく思ったよ。金と友達はたくさんある方がいいけど、使い方間違えたらあかん、いうことをな」

二人はそう言ってにやりと笑い合うと、改めてグラスを重ね合わせた。

9

「瑛美、今回は本当にありがとう」

葉月が力なく微笑んで瑛美に頭を下げた。

「ううん、結果的に葉月に辛い思いさせたみたいで……」

兄の不正を暴くことになった瑛美は、葉月の心中を思い測り、複雑な表情を浮かべた。

「とんでもない。悪いのはお兄ちゃんやから。調べて、ってお願いしたのも私やし、瑛美が気にすることなんかないよ。そんな顔されたら私が辛なるわ」

葉月の気丈な言葉に、同席していた高垣もいたたまれなくなっていた。

今日は最初に葉月から相談を受けたときと同じ道頓堀の喫茶店に来ていた。今回の事件のほぼ全容が解明されたことを機に、葉月が高垣にもお礼を言いたいと希望して、この席が実現していた。

「高垣さんも、本当にありがとうございました。本来なら、登美丘駅前不動産の事務所まで行って、社長さんと若山さんにもきちんとお礼をしなければいけないのですけど、どうしても私が日曜日しか出て来れなくて……」

葉月が高垣の方に向き直って、丁重に頭を下げてきたので、高垣は恐縮して手を振った。

「小田さんのそのお気持ちを伝えるだけで、社長も若山も喜ぶと思います。そもそも我々は、不動産会社に勤める人間として当然のことをしたまでですし、そのお陰と言ってはなんですが、新しい仲介のお仕事も取れましたし、お礼を言うのはこちらの方です。どうか頭を上げてください」

高垣らしい真面目な応対を、瑛美が微笑ましくみていると、その視線に気づいた葉月が、「高垣さんは、瑛美が言っていたように、本当に真面目な方ですね」と可笑しそうに言いながら、意味ありげな表情で瑛美の方を見た。

「瑛美、この間言っていた好きな人って……」

「あっ、ちょっと、葉月、急に何を言い出すのよ！」

「そんなに赤くならなくても、顔にそうです、と書いてあるわよ。ねっ、高垣さん」

急に話題を振られて、今度は高垣がどぎまぎとした。

「葉月！いい加減にして！」

仲良くじゃれ合っている三人を、手持ち無沙汰のウェイトレスが楽しそうに眺めていた。

梅雨はもう明けたのか、強い日差しが照り付ける大阪の街は、既に三十度を超しているようだった。

相続人

1

「幸ちゃん、ごめん。明後日のゴルフ、キャンセルさせてもらうかも——」

業界仲間の合田《ごうだ》大吉から藤堂幸助に電話があったのは、山の日を翌日に控えたお盆休み前の暑い日の午後だった。

大吉は、登美丘駅の一つ隣の駅の駅前で『天神屋』という小さな不動産会社を経営している、幸助とほぼ同年代の男である。幸助とは十年来の付き合いで、『幸ちゃん、大ちゃん』と呼び合う、業界内の気心の知れた仲間の一人だった。

三度の飯よりゴルフ好きの男で、年間五十ラウンド以上はこなすという、シングルの腕前のゴルフ愛好家なのだが、その大吉の方からキャンセルを言ってくるとは、前代未聞のことである。

先日の不動産協会の会合で久しぶりに会った際、ゴルフの話で盛り上がった二人は、お盆休み中に一度一緒にラウンドしようと約束していた。

積極的に誘ってきたのはもちろん大吉の方で、それだけにキャンセルの連絡は肩透かしを食らった思いがあった半面、猛暑の中でのゴルフに多少の不安があった幸助は、どちらかというとホッとしている自分に気付き、電話の受話器を持ちながら苦笑した。

ただ、ゴルフが生きがいと言って憚らない大吉が、こんな直前にキャンセルするというのも納得のいく話ではなかったため、「何かトラブルでも？」と思わず訊いてみた。

「うん、実はうちの賃貸マンションの賃借人さんが、今朝一人亡くなってね。高齢で身寄りのない人やったから、死亡後のことをいろいろとやってあげなあかんねん。長く借りてくれてはった人やし、そのわずか二日後にゴルフというのは、さすがにちょっと不謹慎かなと思って……」

なるほど、そういうことか。もともと情に厚い男だが、自ら経営する賃貸マンションの賃借人にまで、そんな気遣いをしてあげるとは、大吉らしい話である。

「それは、大変やったなあ。何か手伝えることがあれば、遠慮せんと言ってな」

幸助は、大吉を改めて見直す気持ちを込めて、そう言葉をかけた。

「おおきに、幸ちゃん。それではと言うのもなんやけど、その言葉に甘えて一つだけ……。確か、幸ちゃんの友達に弁護士さんがおるって言ってたよな。もしよかったら、その先生を一度紹介してもらわれへんかなあ」

大吉の経営する天神屋は、奥さんと二人の小さな不動産会社で、顧問弁護士との契約はない。そのため、以前からもし何かトラブルがあれば、いつでも弁護士を紹介すると幸助は言ってあげていた。幸助には西岡一平という、仲が良くて信頼のできる弁護士が、顧問というより友達としているからだった。

「それは全然構へんけど、どないしたんや。まさかその賃借人さん、部屋で亡くなってて事件性があるとか……？」

　幸助は思わず不安になってそう訊いたが、案に相違して大吉からは笑い声が返ってきた。

「違う、違う。亡くなったのは病院で、病名もはっきりしてるから、事件性の心配はないよ。そうやなくて、弁護士の先生に相談したいのは、相続人探しの件やねん」

「相続人探し、って……。身寄りのない独居老人と、さっきは言ってなかったっけ？」

「そうやねんけど、今日部屋の中に入ったら、娘さんと思しき人の写真が数枚見つかってな。離婚か何かが理由で、生き別れになっている娘さんがいてはるんとちがうか、と思って。相続財産になりそうなものはなさそうなんやけど、もし娘さんがいてはるんやったら、やっぱり伝えてあげたいやんか。お線香の一本でもあげてくれたら、故人も喜ぶやろうしね」

　いかにも大吉らしい考え方に、幸助は心が温まる思いがした。そして今大吉が言った故人の部屋の状況に、ふと感じるものがあった幸助は、続けて訊いた。

「写真以外にも、他にも何か娘さんを連想させるものはなかったか？例えば手紙のような娘さんが書いたものとか……」

「手紙の類はなかったと思うけど、娘さんが書いたものを連想させるものといえば、小学生の文集のようなものが本棚にあったな。ほら、藁半紙に印刷されたものをホッチキスで留めた、手作り感のあるやつや」

「ほう……」

「藁半紙がかなり日焼けしていて、昭和感たっぷりやったから、おそらく娘さんの小学生のときの文集と違うかな。大下美智子という女の子の名前もその中にあったから」

似ている――、と幸助は思った。今、幸助の頭の中には、大吉から聞いた話で類推できる一つの光景が浮かんでいた。

「大ちゃん、今からそっちへ行ってええか。良かったら、その部屋の中を俺にも見せてほしいんや。それから、友達の弁護士にはこの後すぐに連絡を入れておくから、心配せんと任せといて」

「お、おう。それはありがたいけど、どないしたんや急に」

突然の幸助の行動ぶりに、大吉の戸惑う声が聞こえたが、構わず幸助は電話を切った。

独居老人、娘の写真、娘の小学生の文集――

これらのキーワードが、幸助の頭の中で改めて交錯していた。

2

登美丘駅から電車で一駅の天神屋は、車でも五分とかからない距離だ。一階の一部を店舗に改装した一軒家で、店舗の入り口の前には車が二台停められるスペースがある。一台は既に大吉のレクサスが停まっていたため、幸助は運転してきたクラウンをレクサスの横のスペースに停めた。

協会の講習やイベントでよく会っている大吉だが、こうして彼の事務所に直接訪れるのは、かなり久しぶりだった。

「悪いなあ。わざわざ来てもらって」

クラウンが停車したことに気付いた大吉が、申し訳なさそうに店舗から出てきた。

「いやいや。それより良かったら、このままそのマンションまでこの車で行こうや」

エンジンを切らずに、運転席のウインドーを下ろした幸助が、車の中から言った。

「それが、そのマンションは、うちのすぐ裏にあるねん。歩いてすぐに行けるから、まあまず事務所に入って。今、うちのもんにエアコン入れさせに行かせてるから」

天気予報によると、本日の最高気温は三十七度を超えると言っていた。幸助が急遽来てくれるということになったため、大吉の奥さんが見に行く部屋のエアコンを、あらかじめ入れに行ってくれているようだ。

「そういうことなら、事務所でもう少し詳しく、亡くなった賃借人さんの話を聞こうか」

些細な気遣いに感謝しつつ、幸助は車を降りると天神屋の事務所に入り、改めて今朝亡くなった賃借人の詳細を聞くことにした。

大吉によると、亡くなったのは大下八郎という八十三歳の生活保護を受けていた独居老人とのことだ。一か月前から近くの病院に入院しており、身元引受人として大吉が登録されていたため、今朝息を引き取った際、連絡があったという。

彼に部屋を提供していたマンションは、天神屋のすぐ裏に建つメゾン天神で、身寄りのない大下八郎との賃貸契約書には、『賃借人が亡くなった際は、遺品整理は入居時に預かっている敷金の範囲内で、賃貸人の責任で行う』という特約が付されていた。

そこで、今朝死亡通知を受けた後、彼の住んでいた二〇三号室に、警察官立会いのもとで特約に従って入室したところ、複数の娘と思しき写真が見つかった、ということであった。

警察官に立会ってもらったのは、たとえ特約があったにせよ、他人の部屋への無断立入りに対する、法律上の対処法である。

ちなみに、もし連帯保証人がいれば、賃借人の遺品整理も連帯保証人の責任となるのだが、大吉は連帯保証人を取っていなかったらしい。

「後で直接見てほしいんやけど、実は写真とさっき言った文集以外に、大下さんが描いたと思われる絵も見つかってな」

「絵？」

「そう。あくまでも素人が趣味で描いた写生画なんやけど、それが結構うまくてね。もし娘さんが見つかれば、その絵も渡してあげたいな、と思ってるんや」

「ふーん、興味深い話やな」

幸助は俄然好奇心を刺激された様子で、その絵の話に身を乗り出して聞いた。

「後は、その写真の娘さんが本当に大下さんの娘さんかどうかやなあ。そして、娘さんやとしても、見つかるかどうか……」

大吉がため息をつきながら、呟くように言った。

「そうそう、言うの忘れとったけど、弁護士にはもう電話で概要は伝えてあるから。今日はあいつも盆休み前で、昼間は時間ないらしいんやけど、今日の夜やったら空いてるみたいやから、飯の約束しといたで。大ちゃんも一緒に行こう」

幸助のあまりの行動の速さに、大吉は思わず目を丸くした。

「本当に幸ちゃんは仕事が早いなあ。俺は盆明けのつもりで言ったんやけど。部屋を見たいと言って、すぐに来てもくれたし、なんか本当に申し訳ないわ。全然、幸ちゃんは儲からん話やのに」

「時は金なり、と言うからな。それに今回の話は、すごく惹かれるものがあるんや。他人事では片づけられへん、何か惹かれるものがな」

「惹かれるもの、って？」

「とりあえず、その大下さんの部屋をまず見せてもらおうかな。見れば、その惹かれるものが何かはっきりすると思う」

「分かった。ほんならさっそく行こう」

大吉は不思議なものでも見るような感覚で、幸助の言葉に半ば気圧されるように席を立った。霊感など基本的に信じない大吉だったが、不思議と幸助を揶揄する気持ちはまったく湧いてこなかった。

ちなみに、相続人を探す手段としては、被相続人の戸籍謄本を遡って調べていく方法が一般的である。そして、この戸籍謄本取得にあたって、戸籍謄本に記載されている本人や直系尊属卑属以外では、請求権限の正当な理由をもつ専門家（例えば、弁護士、司法書士、行政書士）などの関係者しか取得することができない。

個人情報保護の厳格化が進む中、この措置は妥当と言えば妥当なことだ。その代わり、といってはなんだが、正当な理由により弁護士等が被相続人の戸籍謄本を取得できたとき、相続人の特定はほぼできると言っても過言ではない。

今回の場合、被相続人の大下八郎が独居老人で、かつ賃貸契約書の特約文言がある限り、大吉の依頼による弁護士の戸籍謄本取得は、おそらく何の問題もないだろうと思われた。後は、大下八郎の相続人が存在することと、今現在も元気で生活していること、そして何より、見つかった場合にこちらの要望に応えてくれるかどうかだけだった。

3

天神屋の裏に建つメゾン天神は、築年数三十五年、総戸数十五戸の三階建てワンルームマンションで、管理は自ら天神屋が行い、保証会社との契約はしていないとのことだった。

保証会社と契約をすると、それにかかる経費が賃借人への負担となって跳ね返るため、それは自身の経営理念と合わないという。これまた大吉らしい考え方で、幸助は微笑ましい思いがした。

それにしても、保証会社と契約をしていないにもかかわらず、連帯保証人も取っていないとは、これには幸助も苦笑するしかなかった。

大下八郎と契約したのは七年前とのことだが、それでも大下八郎はそのとき、既に七十六歳という高齢に差し掛かった歳である。そんな高齢にして身寄りもない独居老人だった大下八郎にとって、この契約を結んでくれた大吉の存在は、さぞかし神様に見えたことだろう。


独居老人の問題は、現在の日本が抱える様々な懸念材料の一つである。少子高齢化社会に伴い、その数は年々増加しており、一九八〇年には八十八万一千人だった『六十五歳以上の一人暮らし世帯』は、二〇一五年には五九二万八千人に急増している。

今後二〇四〇年には八九六万人を超えるとまで予想されており、高齢者の一人暮らしのリスクとして、転倒や転落、誤飲による窒息や、入浴中の溺死などの不慮の事故が孤独死につながることも懸念されている。

そして、もう一つの懸念材料として存在するのが、独居老人の賃貸問題である。身寄りのない人は、当然のことながら連帯保証人を頼める人がいない場合がほとんどのため、普通の賃貸マンションを借りることは非常に難しい。

先に書いた部屋の中での孤独死のリスクもあり、事故物件に繋がることを嫌がるオーナーは少なくなく、また保証会社も審査を通さないケースが多々あるといわれている。

そんな社会情勢を背景に、大吉は意識的に独居老人を受け入れているように幸助には感じられ、ますます見直す思いが強くなった。

メゾン天神は、外壁が全面純白に統一された小奇麗なマンションだった。道路に面した側は、マンションの入り口とエントランスがあるのみで、各部屋はそのエントランスから奥に向かって、各階五部屋ずつ並んでいる。左右対称の部屋はあるものの、全部屋がほぼ同じ間取りの、１ＬＤＫワンルームマンションだった。

エレベーターがないため、エントランスの右側から通じている階段で二階に上がると、手前から二〇一号室、二〇二号室とあって、廊下のちょうど中央にあたる部屋が、大下八郎の二〇三号室だった。

鍵を開けてくれた大吉の後に続いて部屋に入ると、快適で涼しい空気が幸助を迎えてくれた。真夏の内覧では、サウナ状態のところへ入っていく感覚が身についているので、このおもてなしは大吉と彼の奥さんに感謝しかない。

「今年の夏の暑さは猛烈やからな」

大吉は屈託なく笑ってそう言うと、「警察からはお墨付きをもらっているから、クローゼットの中や本棚など、遠慮せんと何でも見てや。俺はもう一通り見ているから」と言って、自分は机の横にどっかりと腰を下ろした。

「かなり清潔に、使ってはったみたいやな」

軽く部屋の中を見回した幸助は、忖度なしの第一印象としてそう言った。食器や衣服も含めて、出しっぱなしになっているものなど何もなく、ゴミや埃もほとんどなかった。煙草も吸わなかったらしく、壁紙が黄色く変色しているところもない。

置かれている家具は、こたつ兼用のテーブル、小説中心に数十冊の本が並んでいる扉のない八段式の本棚、三十インチの液晶テレビが載っている引き出し付きのテレビ台、ぐらいか。家電ではコンロと冷蔵庫とエアコンは最初から備え付けられており、それ以外はトースターくらいだった。ベッドはなく、部屋の隅には奇麗にたたまれた布団のセットがあった。

附属設備として部屋にあらかじめ付いている、小さなクローゼットと食器棚の中には、必要最低限の数の衣装と食器が、それぞれきれいに並んで収まっていた。

もしかしたら大下八郎は、もうこの部屋へは二度と戻れないかもしれないという覚悟を持って、ある程度後片付けをした上で、病院へ出かけていたのかもしれない。いずれにせよ、彼の几帳面な性格が、随所に偲ばれる部屋だった。

大吉が言っていた、大下八郎の娘と思しき写真は、テレビ台の上に置いていた写真立ての中に一枚あった。幸助は写真立てを手にして、中に入っている写真を見た。その写真には、四十歳くらいと思われる中年の男性と、セーラー服を着た中学生と思しき少女が、笑顔を見せて二人で写っていた。表面はかなり黄ばんだ状態になっているので、相当古い写真のようだった。

「この男性が大下八郎さんで間違いないか？」

大下八郎の顔を知らない幸助が、念のために大吉に訊いた。

「ああ。かなり若い頃と思うけど、大下さんで間違いない。それ以外の写真も、そのテレビ台の引き出しの中に入っているよ」

幸助が言われた通り引き出しを開けてみると、表紙がかなり傷んだ簡易アルバムが入っており、そのアルバムの中にも同じような黄ばんだ写真が十数枚入っていた。いずれも、写真立てのものと同じ日に撮った写真のようだ。

「大下さんの表情から察するところ、四十代くらいの頃のようやな。それくらいの歳なら、中学生くらいの娘さんがいるというのは別におかしくはない。おそらく大ちゃんの推測通り、この少女は大下さんの娘さんと見て間違いないやろう」

幸助は自らにも言い聞かせるようにそう言って写真立てを元に戻すと、「あと、これか？　大ちゃんが言っていた写生画というのは」と今度は壁に飾られていた、Ｂ４サイズの写生風の絵を指差して訊いた。

その絵は山が二つ並んで描かれており、絵の知識がまったくない幸助でも、色使いや筆のタッチが素晴らしいと思える秀作だった。

「なかなか上手やろう。以前確かに、絵を描くのが趣味やと聞いたことがあるんやけど、こんなに上手な絵を描かはるとは思わんかったわ」

大吉の賞賛の言葉に、幸助も異論はなかった。

「これは、どこの山やろう？」

幸助がもう一度壁の絵に視線を戻して呟いた。そもそも絵に描かれた山で、名前がはっきりするとすれば、富士山くらいかもしれないが、この絵の山もラクダのこぶみたいに特徴的な形をしていて、幸助の記憶を少しくすぐった。

「二上山《にじょうざん》と違うか。こんなに奇麗に並んでいる双子みたいな山と言うたら、この辺では二上山しかないやろ」

大吉が自信を持った口調で、身近な一つの山の名前を言った。それは、幸助にとっても馴染み深い山だった。

「なるほど。確かに二上山と言われたらその通りやな」

二上山とは、大阪府と奈良県の県境にある山で、かつては大和言葉による読みで「ふたかみやま」と呼ばれた、万葉ゆかりの低山である。金剛山地北部に位置し、北方の雄岳と南方の雌岳の二つの山頂がある双耳峰で、大阪みどりの百選にも選定されている名山だ。

幸助は大吉の言った二上山という答えに納得しつつも、多少の違和感を覚えたこともまた事実だった。疑問に対して、謎が気持ちよく氷解していくといった感覚がないような――。

しかし、それが写真ではなく、素人が描いた絵であることを考えると、多少の違和感があることは当たり前かもしれないとも思い、それ以上深くは考えないことにした。

「確かにこの絵は、相続人さんがいるのならぜひ渡してあげたいな。それが娘さんなら、なおさらや。この絵には、そう我々に思わせるような、大下さんの魂を感じる」

「幸ちゃんもそう思うか。実は俺もそうやねん。遺言書ではないけど、それの代わりになるような、力強い大下さんのメッセージが感じ取れるんや」

大吉は自分と同じ感想を持ってくれた幸助に対して、嬉しそうな表情を見せた。

「後は、文集やったな」

「それやったら、そこの本棚の中や。その緑の表紙のやつ」

大吉が、本棚の中段ほどに立てかけてある、緑色の画用紙を表紙にした手作りの文集を指差した。幸助がそれを手に取って、パラパラと頁をめくってみると、五ページ目くらいに『大下美智子』と言う名前の作文があった。題名はずばり『わたしのお父さん』だった。

その瞬間、突然幸助の頭の中に、同じような光景がフラッシュバックしてきて、思わず幸助はよろめいた。

「幸ちゃん、大丈夫か？」

幸助が立ち眩みをしたと思ったのか、大吉が慌てて立ち上がり、よろめいた幸助の身体を支えた。

「すまん、すまん。ちょっと予想していた通りの情景が、頭の中に見えたもんやから……」

「それって、さっき幸ちゃんが事務所で言ってた、惹かれるもの、ってやつか？」

幸助は大吉の問いに対して、うんと軽く頷くと、「大ちゃん、この娘さんを何が何でも探し出そう。そして、大下さんの思いをこの娘さんに伝えてあげるんや。親子関係が断絶しているのなら、なおさらな」と早口でまくし立てた。

大吉は、半ば呆れた様子でそんな幸助を見ていたが、幸助が頭の中に見たという情景の説明を聞くと、その話に何の疑いを持つこともなく頷いた。

「弁護士さんとの面談は今夜やったたな。幸ちゃんの言う通り、時は金なり、や。さっそく先生に相続人さんを探してもらおう」

4

午前中から早くも三十六度近くまで気温が上がり、今年の夏を象徴するような暑さとなった、お盆休み明けの木曜日。

幸助は大吉を伴って、久しぶりに南海高野《こうや》線堺東《さかいひがし》駅の上りホームに降り立った。堺東駅前で法律事務所を開業している大学の同窓生であり、顧問弁護士でもある西岡一平を二人で訪ねるためだった。

お盆休み前に三人で食事を共にしたとき、大下八郎の相続人の捜索依頼をお願いしたのだが、一平はお盆休みの間も動いてくれていたらしく、休み明けの本日の朝一番の電話で「相続人が分かったぞ」とさっそく連絡してきてくれたのである。

すぐにでも結果が知りたかった幸助は、一平の電話を切るや、すぐに大吉に電話をして本日訪問の旨を伝えると、大吉と共に午前中の電車に乗ってやって来たのだった。

本日は十一日からの六連休明けの日にあたり、朝から社員会議を予定していたのだが、事務所へは早々に連絡を入れて、会議をキャンセルにしていた。

普段の堺市内での営業や内覧の際には、移動手段としてほぼ愛車のクラウンを使用している幸助だったが、堺東駅の駅前にある一平の事務所を訪れる際は、だいたいいつも電車を利用していた。会社の名前の通り、幸助の会社も駅前にあるうえ、十分から十五分に一本は堺東駅への直通電車が走っているため、こちらの方が大幅に時間短縮になるのである。

また本日は大吉も一緒に行くことになっていたため、その大吉の事務所も同じ南海高野線沿線の駅前にある兼ね合いで、なおさらこの日は南海電車が便利と判断した。その大吉とは、列車の時刻を合わせて、同じ列車でやって来た。

しかし、体温を超えるような暑さを記録したこと本日に関しては、電車で来たことを少しだけ後悔していた。一平の事務所は堺東駅前にあるとはいえ、登美丘駅前不動産のように駅舎のすぐ前にあるわけではなく、駅前道路の歩道をけっこう南に歩かないといけなかったため、酷暑の炎天下での歩行としては、少し厳しい距離だったのである。

最近、テレビのニュースなどで『命に関わる暑さ』などという表現をちょくちょく耳にするが、コンクリートだらけの都会での行動は、あながち大袈裟ではないと幸助は思った。

南海高野線が通じている堺東駅前には、堺市役所や法務局、裁判所等の行政機関や、高島屋等の商業施設が集まっており、名実ともに堺市の中心地となっている。

なのに、なぜ東という文字が付くかというと、ここから更に西側の海沿いに南海電車がもう一本走っており、そちらの線に正真正銘の『堺駅』が存在するからだった。

歴史上はそちらの駅が堺最古の駅らしく、早い者勝ちで堺駅を名乗ったのはいいが、その後の発展は堺東駅の方が中心になったということだろうか。

ちなみに堺市内には、二本の南海電車以外にJR西日本の路線も走っており、こちらには『堺市駅』という、同じく堺を冠にする駅がある。JR上ではこの堺市駅が堺市の代表駅になっているようだが、駅前の賑やかさはやはり堺東の方が上のようだ。


駅ビルから、堺市役所の入り口広場へと通じているペデストリアンデッキを経由して、駅前通りの歩道に出た幸助と大吉は、ビルの日陰をかろうじて選びながら、やっとのことで一平の事務所が入るビルの前に着いた。

約五分という歩行距離ではあったが、体温を上回る気温の下では拷問に等しい距離だった。半袖のワイシャツとスラックスの内側からは、大量の汗が吹き出し、まるで服を着てサウナに入っているような感覚になった。

ビルのすぐ南隣には、『空』という白い電光文字を浮かび上がらせたタイムスがあり、以前一度ここに停めた記憶が蘇った。ここから一平の事務所までなら、数十歩で三十秒という近さだ。幸助は、汗だらけの額を拭きながら、改めて今日車で来なかったことを後悔した。

「すまん、大ちゃん。今日は車で来るべきやった」

「いやいや、俺も電車が便利と言ったし」

苦笑いの会話をしながら、二人して汗だらけの身体を引きずって一平の事務所に入ると、すっかり顔見知りになっている須藤という受付の女性に、冷房のよく効いた応接室に通してもらい、幸助と大吉はようやく一息ついた。座ってすぐに出してもらった麦茶が、よく冷えていてうまかった。

「この暑い中、ご苦労様」

やがて三分と待たせずに、一平が数枚の資料を手に応接室に入ってきた。

「電車で来たんやけど、意外と駅から遠いな、ここは。見てくれ、この汗を」

幸助は、一目で全身汗だらけの様子が分かる姿を見せて、酷暑の中を駅から歩いてきたことを強調した。

「この夏は、街を歩くときは日傘を持っといた方がいいぞ。俺は先月買って、毎日の必需品になっているよ」

一平は苦笑しながら、幸助にはいつもの口調で話しかけた。

「ほんまやな。今日の帰りに高島屋で見て帰るわ」

「その方がいい。さて、そんなことより――」

余談もそれくらい、とばかりに一平は真面目な表情になって大吉の方を見ると、「本題の報告に入ります。まずはこれを見てください」と口調を変えて、手にしていた資料を幸助と大吉の前に滑らせてきた。

「電話で予め伝えていましたが、大下八郎さんの相続対象にあたるご家族の行方が分かりました。相続人は一人。大下八郎の一人娘にあたる三宅美智子四十五歳です。現住所は奈良県橿原《かしはら》市で、夫と三人の子供の五人家族で暮らしています。父親の大下八郎とは、両親が離婚した三十年前に、親権が母親にあった兼ね合いで、離れ離れになったようです。そして、その母親、つまり大下八郎の元妻は八年前に亡くなっています」

幸助と大吉は、一平がくれた資料に目を通しながら、説明を聞いて共に頷いた。三宅美智子とは、おそらくあの写真に写っていた少女で間違いないだろう。現在四十五歳なら辻褄も合いそうだ。

「まだお盆休み明けの初日やというのに、早速のご報告をありがとうございます」

大吉は、一平の調査するスピード感に、やや感動の面持ちで頭を下げた。

「お盆休みと世間はいっても、ゴールデンウイークやお正月と違って、カレンダー上の祝日は十一日だけですからね。それ以外の平日は、たとえ十四日や十五日であろうと、お役所は開いていますので、難なく調べられました」

「ということは、先生はお盆休み返上で調べてくれたのですね。本当に申し訳ありません」

「いえいえ、かえって空いているのですよ、そういう日のお役所は。ですから、こんな言い方をすると語弊がありますが、あまり時間はかけていませんから」

一平は、いたずらっぽく笑ってそう言うと、頭を掻く仕草をしてその場を和ませた。

「感謝するよ、一平。ところで、三宅美智子さんとの接触はできたのか?」

大吉に代わって、幸助が一番肝心なことを訊いた。一平のことだ。この猛烈な暑さの中、わざわざ幸助たちを呼び出してまで報告するのだから、三宅美智子と接触するところまではしてくれていると、幸助は確信していた。

「接触はできた」

幸助に向かって即答した一平は、続いて大吉の方に向き直ると、「お盆中に橿原まで行って、直接彼女に面談もしてきました。しかし……」とそこまで言って、言葉を一度切った。

「しかし、門前払いをされた……か？」

幸助が一平の言い残した言葉を想像して言った。

「そうです。最悪の予想の方が当たって、親子関係は断絶しているようでした」

「私の中では、既に三十年前から父親というものは存在しません。今さら線香をあげるような父はいませんので、お帰りください」

一平は訪ねた趣旨を話して、せめて線香の一本でもあげてほしいことを三宅美智子に伝えたが、彼女は即座にそのように言って、それ以上は取り付く島もなかったらしい。

「せめてこの写真だけでも見てくれませんか」

一平はそう言って、大吉から預かってきた例の古い写真を三宅美智子の顔の前に出したところ、一瞬それを目にした彼女の表情に反応する仕草はあったものの、すぐさま元の表情に戻って、「お帰りください」と再度言われたという。

「写真の少女の顔とも似ていたし、あの写真を見たときの反応を見た限りでも、親子であることは間違いないと思うのですが。そもそも戸籍から調べているので、間違いなくて当たり前ですけど。ただ、あんな頑なな態度を取るところをみると、何か父親の大下八郎とは相当根深い事情があるようですね」

「根深い事情、か……」

一平が言った最後の言葉に、幸助が反応した。

「人間誰しも、何らかの事情は少なからず持ち合わせているよ。ただその事情が当事者同士の断絶関係にまでいく場合は、そのほとんどが誤解の上塗りの上に成り立っているような気がするな。大下さんと三宅さんとの間にある事情も、おそらく誤解が誤解を呼んでいるんやないかと思う」

幸助が思い詰めたように言った言葉に、大吉が頷いた。

「その言葉、幸ちゃんが言うからこそ、意味があると思うな。三宅さんに会って、幸ちゃんが直接伝えてあげれば、三宅さんの心も少しは和らぐんとちがうかな」

先日、幸助から頭の中に浮かんだという情景の話を聞いて以来、大吉はすっかり大下八郎の娘と会うつもりでいるようだ。

そして今、一平の報告により親子関係の断絶事実もはっきりしたことで、なおさら幸助にこの二人の関係修復を期待する本音を言った。

「賃貸人として、おせっかい過ぎることは百も承知です。本来なら、相続人を探し出してあげただけでも十分でしょう。でも、もうここまで首を突っ込んだら……」

「合田さんの気持ちはよく理解しているつもりです。藤堂の事情もよく知っていますし。大下親子の絶縁事実はある程度予想通りでしたから、この際最後まで諦めずに三人で親子関係修復の挑戦をしてみましょう」

一平が大吉の顔を見ながら、力強く言った。

「その通りや。俺が先日、なんで大ちゃんにあんなことまで話したと思う？ それは、あの大下さんの部屋を見て、俺が大下さんの娘さんに対する気持ちを確信したからや。ここまで大下さんの気持ちを分かっていて、その後をほったらかしになんかできるかいな」

「幸ちゃん、ありがとう。先生も本当にすみません。相談料はきっちりお支払いしますので」

大吉が感無量といった表情を見せて、幸助と一平に改めて頭を下げた。

「それでは一平は、三宅さんと父親である大下さんとの間に一体何があったのか、再度詳しく調べてみてくれへんか。その真実を聞いた上で、俺は最終的に三宅さんのところへ直接話をしに行く。どんな真実が出てくるのか分からんけど、大概の人の誤解は解く自信があるからな」

幸助はそう強い言葉で締めくくると、一平と大吉の前に拳を握った右手を差し出し、にやりと笑った。

5

「お前の顔など二度と見たくない。出ていけ！」

どんなに思い出したくなくても、ふとした拍子に何度も頭に浮かぶこの言葉。

「こっちこそ会うのは願い下げや！」

売り言葉に買い言葉で返したこの会話を最後に、幸助は生きている父親と二度と会話をすることはなかった。

時は、ノストラダムスの大予言という言葉が一世を風靡した西暦一九九九年。当時勤めていた証券会社に辞表を提出した後、そのことを告げに父親の元を訪れた、幸助三十二歳のときの若気の至りのワンシーンだった。


製薬会社の研究職に勤めていた幸助の父親は、不器用で真面目、そして頑固一徹という、典型的な昭和の人間だった。

一人息子だった幸助は、幼いときから父親に英才教育を受けさせられた影響で、良くも悪くも高校・大学とそれなりのレベルの学校に入学し、それなりの成績を収めていた。特に、大学は国立の理学部に入ったため、同じ理数系の父親も満足だったようで、大学二年の頃までは、見た目はいたって普通の親子関係を築けていた。

しかし、幸助が大学二年の秋に、最愛の母親を病気で亡くしたとき、それまで波風立てずに保たれていた父親との関係は、徐々に険悪な方向に歩み始めた。

もともと優しい言葉をほとんどかけられたこともなく、厳しい英才教育を施されてきた父親に対し、幸助は子供の頃から不満を持っていた。しかし、そんな不満を父親に見せることもなく、かろうじて健気に頑張ってこられたのは、いつも優しく幸助を応援してくれた、母親の存在があったからこそだったのだ。

そんな父親との潤滑油的な存在の母親を亡くした上、その母親のお葬式の日に「大事な研究がまだ終わっていないのに……」と愚痴のように呟いた父親の言葉を聞いたとき、何かが幸助の頭の中で弾けた。

「こんな日でさえ、仕事のことを優先的に考えているとは……」

幸助は、こんな無神経な父親が許せなかった。そして、家族のことをまったく顧みてこなかったこれまでの姿を思い出し、母親の死期が早まったことでさえ、父親のせいだと思い込んでしまったのである。

父親に対する失望感が心を支配したとき、幸助は大学院への進学も、理学部で学んだ知識を生かせる会社への就職も、選択から外した。父親がそれを幸助に望んでいたことを知っていたため、あえて子供のように反発したのだ。

折しも世の中は、バブル景気でお祭り騒ぎの真っ只中。理学部出身で、経済のことにはとんと疎かった幸助だったが、就職活動にまったく困ることはなかった。そして、幸助は就職先として、当時の経済の王道を歩んでいた証券会社を選択することになる。理学部で学んだことは、ほとんど意味をなさない世界であったが、世界に羽ばたく大きな仕事ができることを夢見ての、希望に満ちた就職だった。

しかしその幸助の選択を、当然のことながら父親は納得しなかった。せっかく大学で意味のあることを学びながら、なぜそれを生かせる会社に就職しないのかと、猛然と反対の異を唱え、「証券会社など、今流行りなだけや。絶対に後悔するから、いい加減に目を覚ませ。そんな業界に就職させるために、お前に学費を出してきたのではない」と懇々と幸助に訴えかけてきた。

父親の言っていることは筋が通っており、大学の学費を出してもらっていた幸助からすれば、ぐうの音も出ないところではあった。しかし当時はまだ若く、血気も盛んな二十二歳。ましてや母親を亡くした悲しみから、まだ完全に癒えていなかったときでもあり、父親への思いは理論より不満が勝った。そしてそんな幸助を諭し、止めてくれる母親もいなかった。

「俺は絶対に証券会社で成功して、親父を見返してみせる」

意地も含めてそう言い切った幸助は、結局証券会社就職を機に、家を出て寮生活に入り、盆や正月も含めて、父親のいる実家にはほとんど帰らなくなった。

それから約十年間、親子の断絶関係を続けていた世紀末の年のある日、事件は起きた。

証券会社入社後、それなりの成績は収めつつも、鳴かず飛ばずの状態でバブル崩壊後の失われた十年に翻弄され続けていた幸助は、東京の某支店配属時にその支店の営業方針を巡って、ときの支店長と衝突。本社から通達されたノルマを達成するために、顧客を無視したそのあまりに理不尽な指示内容に、短気な性格が災いした幸助は、支店長の胸倉を掴んで罵声を浴びせた上、辞表を叩きつけてしまったのである。

正直、その時点で証券会社を辞めることについては、何の未練もなかった幸助だったが、唯一頭をかすめたのは、十年前に父親の反対を押し切ってまで就職したという事実だった。

威勢のいい掛け声とともに、証券会社の門を叩いた幸助だったが、入社後一年目から見事にバブルは崩壊。以来十年間、常に株価の暴落と経済の縮小を目の当たりにし、いみじくも父親の言っていた「今が流行りなだけ」という言葉通りの結果になっていた。

あれだけ啖呵を切った父親に対して、今さらどの面下げて会えるのかという……。

そんな折、小さい頃によく可愛がってもらった、父親の妹である叔母の幸子《さちこ》から、父親が定年退職するという報告が入り、この機会に一度二人で会って、きちんと和解をしてほしいと懇願された。

「兄も寂しい思いをしていると思う。最近は体の調子もあまり良くないみたいやし、たった一人の息子なんやから……」

幸子の言うように、父親が寂しい思いをしているかどうかは別としても、あれから十年という月日が流れた今、幸助自身も意地の張り合いはもうやめた方がいいのでは、と思い始めていたのは事実だった。父親も定年退職をするなら、少しは丸くなっているだろうかとも期待した。

しかし、あれだけ反対された証券会社を辞めてしまったことだけは、心配の種として心に引っ掛かっていた。

そして次に働こうと思っている仕事が、水商売の経営というのも父親がはたしてどんな反応を示すか……。実は幸助は以前から、大阪に勤めていた時代の飲食店を経営しているお客様から、右腕となって働いてくれないかと声をかけられており、今回の辞職を機にお世話になる決断をしていたのだ。

せめてあの時点から、次の業界が現在の不動産業界であったなら、また違った結果になっていたのかもしれなかった。しかし、不動産業界に足を踏み入れることになるのは、それからまだ十年という年月を待たなければならなかった。


今から思えば、幸助自身の言い方ひとつ、伝え方ひとつ、父親と仲直りしたいという姿勢を見せることひとつ、ですべて丸く収まったのではないかと、後悔の念しかない。

しかし、あのときは若さからかその殊勝な態度が取れなかった。報告をした後に父親から言われた罵詈雑言の一言一言に、つい幸助は反応してしまったのである。

父親からそういう返事が返ってくることは、ある程度予想できていたはずだった。必ずしも本心ではない可能性があることも——。

そして、そういう予想をした上で「俺の選択を信じて、応援してほしい」と言えていれば、その後は笑い話になったかもしれなかった。しかし、言えなかった。

言った事実は、冒頭のけんか腰の言葉だけだった。そしてその後、幸助に父親と直接話をする機会は二度と訪れなかった。

6

一平の事務所を出て、大吉と別れた後、幸助がその日初めて事務所に入ると、登美丘駅前不動産のスタッフ三人が、揃って幸助の帰りを待っていた。六連休明けの再会の日であったため、みんな幸助に挨拶をしたかったようだ。三人ともしっかりリフレッシュできたようで、それぞれが充実した表情で、お土産を手に幸助のところへ集まってきた。

梅干し、金山寺味噌、湯浅醤油。いずれも和歌山県の名産品ばかりだ。そういえば、鹿谷瑛美と若山葵が高垣雄一の和歌山の実家へ遊びに行く計画をしていたことを、幸助は思い出した。確か、葵の小学生の息子が、紀南のきれいな海で泳ぐことを楽しみにしていると言っていた。

「みんな、楽しんできたみたいやな」

三人のいい笑顔を見て、幸助は気持ちが和んで微笑んだ。

「ちょっとこの暑さには参りましたけど、お天気も良かったですし、とても楽しかったですよ。社長、よかったらこれも見てください」

適度に日焼けした瑛美が、そう言いながら幸助の隣にやって来ると、自分のスマホで撮った南紀旅行の写真を幸助に見せ始めた。

最初の一枚目は堺を出る前の写真のようで、高垣の愛車の前で四人が笑顔を見せている写真からだった。それから、ドライブ中の車内、レストランでの食事、紀伊半島の海岸風景、高垣の実家、海水浴場、……と瑛美が次々と写真をスライドしていく。

百枚はあろうかというスマホ内の旅行写真を、素早くスライドして見せてくれた瑛美が、「以上です！」と言って写真アプリを閉じたときだった。

「ん？ 今のは……？」

一番最後に見た写真に、幸助が無意識に反応して声を出した。

「何か変なものが映っていましたか？」

幸助の反応が気になった瑛美が、慌ててもう一度写真のアプリを開こうとした。

「最後の写真をもう一回見せてくれるか」

「最後というと、この写真ですか？」

そう言って、瑛美が見せてくれたのは、薄暮のサービスエリアと思しき広い駐車場で、四人がそれぞれピースをしている写真だった。旅の終わりの最後のショットのようだが、幸助が反応した写真ではない気がした。瑛美は南紀旅行の後も写真を撮っていたため、どうやら旅行後の最初のショットが一枚だけ幸助の目に入ったようだ。スマホの画面をスライドさせて見ているると、よくあることだ。

「多分その次の写真や。その次の一枚を見せてくれるか」

「いいですけど、次の写真はもう南紀旅行の後の写真ですけど……」

瑛美が少し戸惑った表情で、スマホ画面に次の写真を表示させた。

「あっ、それは……」

幸助よりも先に反応したのは、意外にも葵だった。そして、横にいた高垣が急にそわそわし始めた。

「お二人とも、あの旅行の他の日もご一緒やったんですね」

葵が嬉しそうに言って、祝福するように瑛美と高垣を見た。その写真は瑛美と高垣が、南紀旅行から帰ってきた次の日も一緒にドライブに行き、二人仲良く並んで撮った写真だった。

「いえ、あの社長、これは……」

瑛美がしどろもどろになりながら、救いを求めるように高垣を見た。

「社長、すみません。実は……」

幸助がなおもその写真を直視していたため、高垣が意を決したように口を開いた。

「実は、僕たち……」

「これ、二上山やな?」

「はっ?」

「ここに映ってる山や。このラクダのこぶみたいな」

どうやら、幸助は二人の背景に映っている山のことを言っているようだと、瑛美と高垣はようやく気付き、その日のドライブを主導していた高垣が改めて口を開いた。

「そうです、二上山です。富田林《とんだばやし》市内の国道一七〇号線から、きれいに見えるところがあるんですよ。その日は、その二上山の麓までドライブに行って、二人で葡萄狩りをしてきました」

高垣は、何か幸助のこだわっている話とのすれ違いを感じながらも、一応説明を続けた。

「やっぱり、二上山やな。そうか、なんかあの絵に違和感があると思ったら、山の高さが逆やったんや。この二上山は左の方が高いのに、あの絵は右の方が高かった」

今度は幸助がスマホを取り出し、一枚の写真を表示させると、三人に見せた。それは、大下八郎の部屋に飾られていた二上山と思われる絵を、幸助が写しておいたものだった。

「確かに、右の方が高く描かれていますね」

完全に幸助の指摘しているところが違うと確信した高垣は、瑛美と葵を見て苦笑しながら幸助の言葉に頷いた。

「すると、鏡に映して描いたのかな。でも、あの部屋から二上山は見えへんかったから、外にわざわざ鏡を持って？」

幸助が真剣にそんなことを考えているのを見て、高垣が申し訳なさそうに口を開いた。

「社長、何もそんなことをしなくても、奈良県側から描けば、こうなるんと違いますか？」

高垣の言っていることをぽかんとした顔で聞いていた幸助は、やがてその意味を理解すると、自分が言った間抜けな一言に、照れたように頭をかいた。

コロンブスの卵とはこのことだ。生まれも育ちも大阪だった幸助は、二上山の姿は大阪側からしか見たことがなかった。堺も含めた東大阪から南河内《みなみかわち》にかけては、二上山がよく見える場所が多いため、無意識に『左の方が高い二上山』という大阪側からの映像が頭の中にこびりついていたようだ。

「では奈良県側から二上山を見たとして、ちょうどきれいに大阪側と反対に見えるところはどこやろう」

近畿版のロードマップを書棚から出してきた幸助が、目次欄を開いて言った。

「南阪奈道路を抜けて、葛城《かつらぎ》市や橿原市から見ると、大阪とは反対の逆二上山がきれいに見えますよ」

高垣が、ロードマップの該当する部分を、指で示しながら言った。

「橿原？そうか、橿原市からはきれいに見えるんやな」

幸助はその地名に反応すると、口元を少し緩めて意味ありげに頷いた。

その後は幸助が「ちょっと一人にしてくれ」と言って、考え込んでしまったため、瑛美と高垣は結局肝心なことを幸助に報告しそびれたまま、幸助との会話を終えた。

その横で、葵だけが一人意味を理解して、嬉しそうな笑顔をいつまでも一人に向けていた。

7

「なんや、今日もこの間と変わらんくらい暑い日やのに、また電車かいな」

前回同様、汗だらけの幸助たちを見て、一平が苦笑した。

「ちゃうわ。せっかくエアコンをがんがんにつけて、車で快適に来たのに、そんなときに限って隣のタイムスは満車や」

半ば呆れた顔をした幸助は、流れる汗をまたタオルハンカチで拭いた。堺東駅までと同じ距離とは言わないが、隣の満車のせいで、結局炎天下を数百メートルも歩かされる羽目になり、幸助のボヤキは汗以上に止まらなかった。

同じく汗だらけの大吉は、その横で苦笑いをしていた。

「それはそれは、ご愁傷様。それでは、少し汗が引いてから話を始めましょうか」

大吉の方を見て苦笑して言った一平に、幸助が手を上げてその言葉を制止した。

「いや、俺らは大丈夫や。それより早く大下八郎の調査結果を教えてくれ」

汗で湿ったタオルハンカチを手にしたまま、幸助は出された麦茶を一気飲みすると、一平に話をすぐに始めてくれるように促した。大吉にも異論はないようだ。

大下八郎と娘の三宅美智子の関係について、二人が絶縁することになったきっかけがほぼ分かったと、一平から連絡があったのは、まだ残暑が厳しい八月最後の週のことだった。

八月中に目処をつけ、九月中には解決したいと考えていた幸助は、寸分の時間も惜しんで、電話をもらった日の午後早々に、大吉を車で拾って一平の事務所までやってきたのだった。

それならば、と一平は自身も麦茶をひとくち口に含むと、手元に置いた資料に視線を落とした。

「大下八郎は、もともと証券業界に身を置いておられた人物だったようです」

そこまで話すと、一平は顔を上げて視線を幸助に向けた。「つまり、幸助と同じ業界にいた人ということやな」

一平の発した「同じ業界」という言葉に、大吉が驚いて幸助を見た。

「続けてくれ」

一方の幸助は顔色一つ変えずに、先を促した。

「戦後の高度成長期に証券会社に籍を置いていた大下八郎は、一九八一年に一念発起して仲間数人と投資顧問会社を起業。そこでナンバー2の副社長という立場になって、経営者の一人となっています。そして、始めこそ順調でしたが、一九九〇年代に入ってからのバブル崩壊に伴う株価暴落で大損失を計上、結局投資顧問会社は倒産し、他の経営者ともども本人も破産する憂き目に遭いました。その破産をきっかけに妻とも離婚しているので、それが三宅美智子と疎遠になったきっかけと思われます。それが一九九三年、つまり今からちょうど三十年前のことです」

ここまでの一平の話を聞いて、一九九〇年代という同じ時期に証券業界に身を置いていた幸助は、厳しい社会情勢であったあの頃を思い出し、深いため息を吐いた。

「あの一九九〇年代に証券業界に身を置いていた人間は、大なり小なり、みんな苦労したと思う。俺は大手の社員やったから、まだ守られているところはあったけど、個人的に起業していた人たちは、本当に厳しかったやろう」

「あの頃の幸助は、会うたびに痩せ細っていたもんな。苦労しているなと思っていたよ。俺は司法試験に落ちてばかりで、別の意味で痩せ細っていたけど」

そんなことを言いながら、一平は大学卒業三年目で、見事司法試験に合格していた。

「離婚の理由が破産ということは、おそらく三宅美智子はその後、お金で相当苦労したんやろうな。それが理由で父親である大下八郎のことをいまだに受け入れられない、というわけか」

幸助はやや納得した、という顔をして呟いた。

「そうか。幸ちゃんの社会人スタートは証券会社やったんやな。でも、一九九〇年代に厳しかったのは証券業界だけやないよ。我々不動産業界もかなりのもんやった。いや、それを言ったら銀行もか……」

大吉がしみじみとした声を出した。

「まあ、俺たち一九六〇年代生まれの人間は、若い未熟なときにバブルの絶頂を迎え、社会人として一番脂の乗りきっているときにバブル崩壊後の一九九〇年代を経験しているからな。苦労も多かったけど、その分打たれ強いで」

幸助は自ら言い聞かすように言った。

「三宅美智子が大下八郎を受け入れられない理由は、実はまだ他にもあります。大下八郎は、離婚した数年後に、悪質な詐欺を働いた罪で逮捕もされているのです。二〇〇二年に東京で、お年寄りをターゲットにした悪徳商法で、数人が逮捕された事件があったのですが、大下八郎はその詐欺グループの一味として検挙されていました。リーダー格の男の懲役五年を筆頭に、大下八郎も懲役一年の実刑を受けて、服役もしていました。おそらく、三宅美智子はその事件を受けて、ますます大下八郎を許せなくなったと推測されます。財産を失ったことよりも、身内が犯罪を犯したということの方がショックは大きかったのかもしれません」

「なるほど、そういうことがあったんか……」

一平の説明を聞き終えると、幸助はようやくすべての納得がいったという表情を見せた。

「破産に、逮捕……、その父親の経歴事実を知ったのが十代から二十代にかけてというんやから、確かに父親の大下さんを受け入れられない三宅さんの気持ちも分かるな……」

大吉が深いため息をついた。

「さあ、これらの厳しい現実を前にして、幸助はどう三宅さんに話をする？」

一平が少し挑戦するような目つきを幸助に向けて言った。

「おいおい、一平の話はまだ終わってへんやろう」

そんな一平の視線を気にする素振りも見せず、逆に幸助はさらりと一平に言い返した。

「ほう。何故そう思う？」

「さっきの一平の話は、すべて事件のおおまかな事実関係だけしか話してくれてへん。まるで新聞記事を読み上げているだけのような。一平の調査力はそんなもんと違うからな。弁護士ならではの視点の情報が、きっと他にもあるやろう」

「幸ちゃん、いくら友達とはいえ、先生に向かってそんな……」

あまりにも自信満々の幸助に、大吉が少し心配そうな表情を見せて言った。

「大ちゃん、心配せんでも、一平の考えていることはすべてお見通しやから大丈夫や」

幸助の言葉に満足そうに頷いた一平は、改めて体を幸助の方に向けて座り直すと、やおらスケジュール表を机に置いてペンを握った。

「九月二十三日でええか、三宅さんのアポイント。ちょうど祝日やし」

一平の突然の話題変更に、驚く大吉の横で幸助は平然としていた。

「九月二十三日というと……」

「大下八郎さんの誕生日や。タイミング的にみても、三宅美智子さんと話すのはこの日が一番いいと思う」

オーケー、と笑顔で頷いた幸助は、自らも手帳を広げてその日程を書き込むと、もう一度顔を上げた。

「ほんなら、報告の続きを聞こか」

8

「もう父のことは結構と言ってるんですけど」

三宅美智子はさすがに少しイライラした声を出して、受話器に向かって邪険に言った。電話の相手は、父親が亡くなったときに住んでいたマンションのオーナーから依頼を受けているという、西岡とかいう大阪の弁護士だった。お盆のときに一度訪ねてきたため、父親などいないと豪語して帰ってもらったのだが、もう一度だけ会いたいという。

先方に他意がないことはもちろん分かっているし、仕事としての彼の立場上、しつこく言ってくることも分かる。しかし、これまで父親との関係を断ってきたことは事実であるし、いくら亡くなったからといってその事実を今さら覆すつもりもない、という気持ちも美智子には強かった。

ただ、最後に言われた「お父さんが最後に持っておられた、あなたへの気持ちを伝えさせてもらうだけでいいのです。それ以上は何も望みません」という一言を聞いて、さすがに美智子もそれ以上は断れなくなった。

父親である大下八郎と別れたのは、もう三十年も前のことになる。商売に失敗して破産することになった父親は、印鑑を押した離婚届を一方的に残して、母親と自分の前から突然行方をくらました。美智子が中学三年生のときだった。

母親はたとえ破産しようが、父親を一生支えていく覚悟があったと述懐していたが、父親はそんな母親の気持ちを理解しようともせずに消えた。美智子は当初、そんな父親が無責任で許せなかった。

しかし、父親がいなくなった当初は、心のどこかでいつか帰って来てくれるのではないか、と思っていたこともまた事実だった。

そんな父親に対する思いを、美智子が完全に吹っ切ったのは、結婚した一年後の二〇〇二年に、父親逮捕の一報を耳にしたときだった。

投資顧問会社が倒産したときは、数多くの投資家からどんなに恨み言を言われようとも、最後には『投資家の自己責任』という大義名分があった、と母親からは聞かされていたし、美智子もそう理解していた。

しかし、この逮捕劇に至った投資の話は、明らかに虚偽の投資を促した、救いようのない悪徳商法であったらしく、さすがの母親も父親の肩を持つ意見を、何一つ言うことはできなかったのである。

テレビや新聞紙面を通じて、容疑者としての父親の名前を見たとき、美智子は自分の頭の中で何かが崩れ落ちていくのを感じた。

幸い、理解のある夫に支えられ、かろうじて精神的には持ち堪えることができた美智子だったが、父親へのいっさいの思いは、これを機に完全に断ち切る決心をしたのである。

ちなみに、その事件をきっかけに明らかに弱くなった母親は、その十年後に六十七歳という若さで他界。この母親の死の原因も、父親の無責任な行動にあるとの思いが否めないまま、今日に至っている。

以来、夫と二人三脚で、三人の子供を育てながらようやく幸せを掴んできた美智子にとって、今さらそんな父親の存在をちらつかされても、正直迷惑なだけだった。

今年大学生になった長男を筆頭に、高校生の長女、中学生の二女たちにも、前科のある父親の存在はあえて伝えていない。

「もう一度だけ会って、話だけでも聞いてあげたらどうや」

仕事から帰ってきたばかりの夫の辰雄に、改めて弁護士からの話をすると、辰雄はあっさりそう言ってきた。辰雄は高校の教師をしており、常に冷静沈着な対応をする。

長男は下宿、長女は部活、二女は塾で、子供たちが三人ともいないときを見計らった会話だった。

「きみのお義父さんを許せない気持ちも分かるけど、事件からもう二十年以上も経つんやろ。もう時効やと思うし、きみの最後の気持ちの整理も、この際つけておいた方がいいと思うけどね」

「気持ちの整理は、もう二十年前につけているわ」

「でも悩んでいるんやろ。本当に気持ちの整理がついているのなら、今回も悩まずに断っているんやないかな。でも実際には、きみは悩んでいるわけやから。もう少し自分の気持ちに正直になってもいいと思うけどな。子供たちにも、お義父さんの存在を教えられる最後のチャンスやと思うし」

「それは……」

「子供たちは、きみが思っているほど幼くないよ。きみはこの二十年、いや三十年間十分十字架を背負ってきた。もうその十字架はそろそろ下ろしてもいいと思う」

辰雄の言葉は一言一言が美智子の心に刺さった。確かに、辰雄の言う通り、悩んでいるということは、心のどこかで父親のことを思う気持ちがまだあるのかもしれない。

「誤解せんといてほしいんやけど、きみがどうしてもその弁護士と会わないというなら、僕は反対もしない。最後はきみの心次第や。ただ、僕はいつもきみの味方やから、それだけは忘れんといて」

最後は照れくさそうにそう言うと、辰雄は「風呂入るわ」といって、部屋を出て行った。美智子は、そんな辰雄の変わらぬ優しさが嬉しかった。

辰雄の優しい言葉や、父親の古い記憶を思い出して、少し感慨に耽っていると、「お母さん、どうしたの？」といつのまにか塾から帰ってきていた二女に突然声をかけられた。どうやら、ただいま、と言ったにもかかわらず、母親が返事をせずに考え事をしていたため、心配になったようだ。

「ううん、何もないよ。お腹空いたでしょ。今食事の支度をするからね」

美智子は、吹っ切れたようにそう言うと、台所で用意し始めていた食事の準備に戻った。

9

今年の秋分の日は土曜日と重なり、元々土日が連休のサラリーマンにとっては不人気な祝日となったようだ。確かに、日曜日が祝日と重なったときは振替休日があるのに、土曜日のときはその適用がない。週休二日制は、かなり根付いたとはいえ、やはり日曜日と土曜日の意味合いは違うのかもしれない。

ただ、土曜日の祝日を大いに歓迎する会社も、少数派とはいえあるにはある。そして、その少数派のうちの一社が登美丘駅前不動産であった。元々の定休日が水曜日と日曜日のため、今回のように土曜日が祝日のときは土日が連休となるのである。

日曜日を営業している大手の不動産会社では、祝日は同じ位置づけとなるため、休みとならないところがほとんどのようだが、そこは中小企業の強み（？）である。そもそも日曜日を休みにしている手前、祝日も休みにしないと矛盾するとばかりに、幸助は当たり前のように祝日を定休日としていた。

ということで、九月二十三日の秋分の日は社員を休ませた幸助だったが、自分自身は休日返上でスーツに身を包み、一平と大吉を乗せて奈良の橿原へ愛車のクラウンを走らせていた。

時刻は午後二時。秋晴の元のドライブは、途中の渋滞情報もなく、順調に現地まで行けそうだった。

「しかし、今日はよくアポイントが取れたなあ。俺は、ほぼアポなし訪問を覚悟していたけど。さすが一平や」

美原インターチェンジから南阪奈道路に車を乗り入れたとき、幸助は朝から何度も言っているセリフをまた口にした。

「ほめてくれるのは嬉しいが……」

助手席に座っていた一平が、苦笑しながら運転する幸助の横顔を見た。「あくまでもアポイントが取れただけとも言えるぞ。電話口の声は不機嫌そのものやったし、『お父さんの気持ちを伝えます』などとこっちが大きく出たもんやから、向こうも興味本位でアポをくれたのが真実やろう。実際、幸助は先方に理解してもらえる勝算はあるのか」

一平が直球の質問を投げてきた。後部座席に座っていた大吉も、その質問に幸助がどう答えるのかと興味津々で耳を立てていた。

「まあ、出たとこ勝負が本音やな。ただ、直接目を見ながら話ができたら、それなりに心は動かせるんやないかとは思ってる」

「言葉とは裏腹に、自信満々のようやな」

一平が、不適な笑みを浮かべている幸助を、頼もしそうに見た。

「せやから、自信は半々と言うてるやろ。そんなにプレッシャーをかけんなや」

　そんな掛け合いの会話をしていると、南阪奈道路の有料区間が早くも終わり、車は橿原市内の大和高田《やまとたかだ》バイパスに入っていた。大阪府堺市と奈良県橿原市は県境を挟んで意外と近く、車なら渋滞がなければ三十分とかからない。やがて、工事中の京奈和自動車道との交差付近まで車を走らせると、幸助はナビに従ってバイパスの高架道路を降りた。ここから三宅美智子の家までは、わずか五分の表示となっていた。アポイントをもらっている午後三時よりは、かなり早く着きそうだ。


「この度は貴重なお時間をいただき、ありがとうございます」

　一平と大吉と並んで、三宅美智子と夫の辰雄に丁寧にお辞儀をした幸助は、「これはつまらないものですが」と言って、手土産で持参した和菓子を渡した。

　築十年以内と思われる、比較的新しい一戸建ての一階にある六畳の和室で、五人は向かい合って座っていた。三人いると聞いていた子供たちは、全員外出しているようだった。おそらく、難しい話になることを前提に、三宅夫婦があらかじめ外出させていると思われた。

「こちらこそよろしくお願いします」

　てっきり一平が一人で来ると思っていたのか、美智子は三人もの客人を前にして、少しとまどった表情を見せながら、挨拶を返してきた。辰雄は微笑を浮かべているだけで、一言も発しない。今日はあくまでも美智子が主役で、自分はサポートとして横にいるだけです、とその表情は物語っているようだった。

「前にも西岡先生に申し上げましたが、私は三十年前に父とは縁を切っておりまして、今さら父の存在を認める気など、まったくございません」

幸助たちの気勢を制するように、美智子が先制パンチを入れてきた。その言葉を聞いた大吉が、思わず表情を曇らせる。しかし、この態度が想定内だった幸助は、まったく動じる素振りを見せなかった。

「三宅さん、西岡弁護士からも説明があったと思いますが、本日お伺いをしたのは、大下八郎さんとの関係修復をお願いするためではございません」

幸助が美智子の目を見ながら、ゆっくりと話し始めた。

「では、何のために……」

美智子が少し挑むような目で、幸助の言葉に反応した。その表情には、でたらめな話は受け付けませんよ、と書いているように思えた。

「本日は、亡き大下八郎さんが最後まで持っておられた、彼の娘である三宅美智子さんへの思いを、お伝えしたくて参りました」

幸助の発した『娘』という言葉に、一瞬表情を揺らした美智子は、すぐさまその表情を真剣なものに戻すと、一転今度は嘲笑するように言葉を吐き出し始めた。

「父が最後まで持っていた私への思い――ですか？でも父は、今わの際には伝言も遺言も残さなかったと、西岡先生からは聞いていますよ。それなのに、藤堂さんは何を根拠にそんなことを――？もしご想像でおっしゃるつもりなら、どうぞお帰りください。そんな根も葉もない話を聞くほど、私は暇ではありませんので。そもそも勝手に自分から家を飛び出して三十年間音沙汰もなかった父が、そんな私への思いを残していたなんて信じられません」

美智子は厳しくそう言うと、話はそれだけですか、とばかりに早くも腰を浮かせようとした。

「まあまあ、そんなに慌てて結論を出されずに、少しくらい私の話にもお付き合い願えませんか」

幸助は苦笑いを浮かべながら、立ち上がりかけた美智子をゆっくり手で制すると、「実は、私は三宅さんと同じような体験をしておりましてね。その私の体験に基づく話を、ぜひ三宅さんにも聞いてほしいのです。いい加減な話かどうかは、聞いていただいた後に判断していただいても遅くはないと思いますが」と美智子の目を見ながら徐に言葉を続けた。

『同じような体験』という幸助の言葉は、さすがに美智子と辰雄に多少興味を抱かせる効果があった。

「同じような体験とは……？」

「三宅さん。どんな場合でも物事の本質を見ずに、自分の印象だけで結論を出してしまうと、往々にして誤解が生ずることがあります。私は、三宅さんがお父様に対して持っておられる不信感の原因の中にも、多少誤解となっているような真実があるのではないかと思っているのです。本日は、実際にそうと思える情報や品々もここに持参しました」

10

「美智子」

辰雄が美智子の肩に手を置いて、優しく言った。

「わざわざ堺から橿原まで、こうして来ていただいたんや。とりあえず、藤堂さんのお話を最後まで聞いてみたらどうや。それで何も気持ちが変わらなかったとしても、それは元通りなだけで、それ以上に失うものはないやろう」

辰雄の一言に、美智子もさすがに頷いた。ようやくその表情には、無理やり聞くという思いがなくなったようにも見えた。

「ご主人、ありがとうございます」

幸助は辰雄に頭を下げると、美智子に向き直り、姿勢を正して話を続けた。「私ごとで恐縮ですが、私は二十歳で母を亡くしたとき、父と縁を切りました。私の父は、仕事人間で一切家庭を顧みない人でした。そのことがずっと不満だったところへ、母のお葬式のときにまで仕事優先の態度を取ったものですから……。花火の導火線に火が点いたような感覚で、それまで我慢していたものが、ついに爆発してしまったのです。以来、約三十年間連絡をまったく取っていなかった父が、五年前に死にましてね。一人息子だった私は、唯一の相続人ということで三十年ぶりに実家を訪れて、父の書斎に入ったのですが、その部屋の様子が今回の大下八郎さんのお部屋とそっくりでした」

幸助はそこまで話すと、鞄から一冊の冊子を取り出した。

「あっ、それは……」

緑の表紙をしたその冊子を一目見て、美智子が声を上げた。

「ご記憶にありましたか。そう、これは三宅さんの小学校のときの文集です。大下八郎さんの部屋の本棚に大切にしまわれていました。失礼ながら読ませていただきましたが、お父様のことを書かれているのですね。そしてその本棚には三宅さんとの思い出の写真も、大切に飾られていました」

「……」

「実は、私の父の書斎にも、私が父のことを書いた小学校のときの文集があったのです。あと、私の写真も写真立てに飾られていました。本当に驚くくらい、今回の大下さんのお部屋とそっくりな状況でした。そして父の死を看取った担当医から、いつも私の話をしていたと聞かされました。優しく接してやれなかった、といつも後悔の言葉を口にしていたと。そのとき気づいたのです。母が亡くなって以降、頭ごなしに父を否定していましたが、そういえば一度も腹を割って話をしたことなどなかったということを。そして、父も後悔していたんだなということを――」

「でも……、私の父は、お医者さんに言葉は残してくれていませんから……。一概に藤堂さんのお父様と同じというわけではないのでは……」

少し動揺しながら言った美智子の肩に、また辰雄が優しく手を置いた。

「言葉の代わりに、これが残されていました」

続いて幸助が鞄から取り出したのは、壁に飾られていた例の山の絵だ。「これは、大下八郎さんが描かれた絵で、部屋の壁に大切に飾ってありました」

美智子は幸助から絵を受け取ると、穴の開くようにじっとその絵を見つめた。幼いときに父の絵を見たことがあるのか、筆のタッチなどを思い出すように見ている目だった。そしてやがて、納得したように頷くと、視線を幸助に戻した。

「確かに父は絵を描くのが好きでした。こんな感じの写生画を描いていたと、記憶にもあります……。でも、この絵がどうして父の言葉の代わりになるのですか？」

「この山がどこの山かお分かりですか？」

幸助から問われた美智子が、少し考える仕草をしていると、横から辰雄が口を挟んだ。

「これは二上山やな。こんなきれいな双頭の山は、二上山しかないと思うで」

その辰雄の答えに、美智子も「あっ、そういえば」と思い出したように頷いた。

「その通りです。おそらく二上山と見て間違いないでしょう。そして、この絵は奈良県側から描いた二上山と思われます。ほら、右の山の方が少し高いでしょう」

「これは橿原から見える二上山や。ほら、ここから見える二上山の形がその絵と同じじゃろ」

辰雄はそう言って立ち上がると、西側を向いた曇りガラスの窓を開けた。その窓からは、二上山がちょうど正面に見えており、確かに絵とそっくりな形をしていた。

「橿原から見える二上山やからと言って、一体それが……」

「三宅さんは、大阪にお住まいだったことはありますか？」

「もともと生まれも育ちも堺ですから、結婚するまではずっと堺におりました」

「それなら三宅さんもご存知でしょう。この二上山は大阪側からも、そして堺からもよく見えることを」

「ええ、それは知っていますけど」

「うちの会社がある登美丘駅からもよく見えましてね。そして、大下八郎さんのマンションの近くからも、やはりよく見えていました」

　幸助はそこまで話すと、まだ不得要領の表情を見せている美智子の前に、一枚の写真を表示させた自分のスマホを置いた。そこには、絵とは左右の高さが逆になっている二上山の写真が写っていた。

「これは、大下八郎さんの部屋の近くから撮った、大阪側から見た二上山の写真です」

「ふーん。いつもここから見える二上山しか見てないから、左右の山の高さが逆やと、なんか違和感があるな」

　その写真をちらりと一瞥した辰雄が、ぽつりと一言呟いた。

「ご主人のおっしゃる通りです。そしてその違和感は、大阪の人間が奈良から見ても同じ印象を受けるのです。大阪の人間が二上山を思い描くとしたら、ほぼこの写真の形になると思いますし、左右が逆の二上山は非常に不自然な感覚に陥ります。でも、大下さんは二上山をこう描かれた。ずっと大阪に住んでいて、住まいの近くから二上山がよく見えていたにもかかわらずです。これは何を意味すると思いますか？」

　幸助の問いに、しばし押し黙った美智子の横で、辰雄が先に口を開いた。

「なるほど。美智子の近くに来て描いていたわけか」

　辰雄の答えに、美智子が俯きながら首を振った。

「そんなのこじつけやわ。こじつけに決まってる……」

　真っ向から否定する美智子の前に、幸助は今度は一冊のスケッチブックを取り出して置いた。辰雄がそのスケッチブックを開くと、「ほおー」と思わず感嘆の声を上げた。そのスケッチブックには、何枚もの二上山の絵が描かれていた。そして、それらの二上山はすべて、右側の山が高い橿原から見た二上山だった。

「お義父さんは、しょっちゅうこの辺に来てはったんやなあ」

「そう思われます」

　幸助は頷くと、絵に描かれているある部分を指さして言った。「これらの絵をもう一度よく見てください。いずれの絵の中にも、小さいながら人と思われる被写体も描かれています。そして、どの絵も三人です」

「ほんまや。お義父さんとお義母さんと美智子の三人というわけやな」

「だから、こじつけと言うてるでしょう」

辰雄の解説に、また美智子が抗議の意を述べたが、その声はもう小さかった。

「三宅さん、確かにこじつけかもしれませんが、その可能性も高いとは思いませんか。そして、これらの大下さんの行動をまとめてみると、三宅さんへの思慕が感じられることばかりが見えてくるのです。自分のことを書いてくれている三宅さんの文集を大切に保管していたこと。三宅さんの写真を部屋に飾っていたこと。そして、堺でも描ける大好きな写生画を三宅さんのいる橿原にいつも来て描いていたと思われること」

「でも、仮にそのこじつけの考えが当たっているとしても、私と母を残して出て行ったことや、犯罪に手を染めた事実は消えませんから……」

いつのまにかハンカチを手にして、瞳を濡らしていた美智子は、か細い声になりながらもまだわだかまりが消えない、苦しい胸の内を言った。

「そのことなんですがね。大下さんと私との共通点に関して、もう一つ面白い共通事実がありまして。実は、私も以前証券会社に勤めていたことがあるんです」

幸助の口から証券会社という言葉が出たとき、美智子はまるで怖いものでも見たというような表情で、幸助を見た。一方の辰雄は、まだ面白い話が聞けるのかという興味津々の表情をしていた。

11

「私が証券会社に勤務していたのは、一九九〇年から一九九九年までの十年間です。株価がいつも下がっていたという記憶しかない、証券界にとってはまさに暗黒の時代のときでした」

幸助の感慨深そうな声が、乾いたように和室の部屋に響いた。

「ほう、まさにバブル崩壊後の十年間ですな」

高校教師をしているという辰雄は、西暦を聞いただけで、さすがに時代背景をすぐに言い当てた。

「そうです。それはそれは大変な時代で、お客様にご迷惑をかけたことなど数知れず、罵声を浴びたり、同僚が訴えられたりすることは、日常茶飯事でした。お客様のために動けば動くほど、悪循環に陥る――。本当に辛い時代でしたね」

「そんな、大変な時代だったから、父のやったことも許されると言いたいのですか」

感慨に耽って話していた幸助に、美智子が白けた声を出して、割って入ってきた。濡れていた瞳が乾きそうな勢いで、感極まる心境からは、既に冷めているような目をしていた。

「そんなことを言うつもりは、もちろんありません。ただ、当時の証券界は、マスコミも含めて、世間のほとんどの人たちから、まるで敵を見るような目で見られていましたからね。

確かに、そう見られても仕方のないような事件はたくさんありましたし、今の時代と比べたらコンプライアンスへの意識も甘かったのは事実ですが。しかし、そんな厳しい状況の中でも、当事者たちには当事者たちなりに、真実と葛藤があったということを、お伝えしたいだけです。そしてこの話は、同じ内側にいた人間にしか言えないことだと思うんです。その同じ内側にいた人間の話を聞いてもらえたら、少しは大下さんへの印象も変わるのではないかと。どんな争い事でも十対〇はないのですから」

幸助の言葉に、美智子がまだ何か言いたそうな仕草を見せたとき、一平が幸助に代わって口を開いた。

「ここからは、まず実際に調査をさせていただいた私の方から、事実の話だけを先に説明させていただきましょう。今回の一件を相談されるにあたって、失礼ながら、大下八郎さんの過去のことを少し調べさせていただきました。ここからお話しすることは、いっさい忖度なしの真実が前提である、ということをご理解の上、お聞きください」

一平はそう言うと、お盆明け以降に改めて調査したことを簡潔に述べ始めた。その内容は、概ね次のようなことだった。

大下八郎が立ち上げた投資顧問会社の発起人は全部で五人。その中で、彼はナンバー2の立場だった。当初は順調な滑り出しだったが、ご多分に漏れずバブルの絶頂期を境とした一九九〇年代から、業績は悪化の一途をたどる。そんな中、廃業するきっかけとなったのは、当時のトップだった男が、数億のお金を持ち逃げしたことだった。運用益が赤字だったところへ、この大金の持ち逃げ事件は、喉元に刃物を突きつけられたに等しく、資金難に直面した大下八郎の投資会社は、あえなく倒産することになった。このとき、ナンバー2の立場だった大下八郎は、ナンバー1の不祥事で一気に矢面に立たされる立場となり、横領や詐欺の疑いで警察の捜索を受ける対象にもなったのである。実際には不起訴処分で終わっているのだが、おそらく大下八郎が離婚届を置いて、突然妻と娘の前から姿を消したのは、二人に警察や債権者からの迷惑がかからないようにしたためと思われた。

そして、詐欺罪で逮捕された二〇〇二年。実はこの事件のリーダー格だった男は、投資顧問会社時代の筆頭顧客だった男で、『迷惑をかけたと思っているのなら、仕事を手伝ってほしい』と声をかけられ、禊のつもりで手伝っていたという。この投資グループは、リーダーだった男の権限が大きく、部下であった大下八郎以下の人間たちは、詐欺の実態は認識していなかったのではと思われた。現実に、逮捕された当初のリーダーの男の証言では、すべて自分が考えてやったことで、部下に罪はないということを、男らしく述べた証拠が残っている。しかし、大下八郎は自ら出頭して自分も罪を認め、逮捕されるに至った。その後の裁判記録等を調べても、リーダーの証言は覆っておらず、大下八郎はリーダーの罪を軽くするために、あえて自分も罪を被った可能性が大いにあると思われた。

一平の話を聞き終えて、美智子は再びハンカチを握りしめた。一度乾きかけた瞳からは、再び大粒の涙がこぼれ落ち始めた。

　そして幸助が、一平に代わって改めて口を開いた。

「損をさせるつもりはなくても、株価の動きを読み間違えて顧客に迷惑をかけてしまう。あの時代の証券マンの、大半の人がそうだったと思います。大下さんは、そんな厳しい状況の中で、さらに信じていた仲間のトップに大切な資金を横領されたわけです。そのときの絶望感にも似た気持ちは察して余りあります。ちなみに大下さんは、彼以下の者にはいっさい責任を押し付けず、すべて自分が責任を被っています。これはなかなかできそうで、できない行動だと思います。そして、その後の悲しい逮捕劇ですが、これは逆に部下であった大下さんが、ボスである上司を守ろうとした結果なのです。上司のときは部下を守り、部下のときは上司を守る――。しんどいことは何でも進んで引き受ける、不器用で真面目な人やったんでしょうね。前科が付いた結果はともかく、私は一人の人間として、大下さんは物凄く格好いい人だと思いますよ」

　幸助は一度言葉を止めると、またお茶をひとくち啜った。美智子はもう、話を遮ったりする素振りは見せず、じっと幸助を見つめて、真剣に聞いてくれていた。

「以上、西岡からの報告も含めて、私が三宅さんにお伝えしたい要点は一つです。結果がすべての世の中とはいえ、そこに至るまでの経緯の中には必ず様々な事情があり、その事情をたぐっていけば、同じ結果に対しても、また別の視点が見えてくる可能性があるということ、です。確かに大下さんは、投資顧問会社を潰し、あなたがた親子の前から姿を消し、詐欺の罪で逮捕もされた。この結果だけを見れば、救いようのない悪人のようですが、今回の事情を聞けば、少しは彼に対する見る目が変わりませんか」

幸助は、最後はまるで自分に言い聞かすように話した。黙ってその話を聞いていた美智子は、二上山が描かれた絵を握りしめながら、ぼそりと一言つぶやいた。

「そういえば、今日は父の誕生日です。三十年ぶりにお祝いしてあげないといけませんね」

12

「大ちゃん、喜んでたな。一平の的確な調査のお陰や。ありがとう」

三宅美智子との面談を終えた幸助は、大満足していた大吉を先に天神屋まで送り届けた後、二人になった車内で改めて一平に礼を言った。

「いや、俺の調査力より、幸助の話術の勝利やろう。ただ、そんなことより……」

一平は、運転する幸助の横顔を直視した。「その勝利に貢献した肝心の幸助が、あまり嬉しそうにしていないのは、俺の気のせいか?」

一平の鋭い指摘に、幸助は一瞬動揺した表情を見せた。

「そんなことはないで」と口では言ったものの、無理に作った笑顔が固いのは自分でも分かった。

「何が納得いかんのや。俺とお前の仲や。遠慮せんと、何でも言ってみてくれ」

「そんなことはない――とこれ以上言っても、無駄なようやな。相変わらず、鋭い奴や」

「俺が鋭いんやなくて、幸助がすぐに顔に出るんや。合田さんに負けず劣らず、真面目で正直な人間やからな、お前は」

「それは、褒められてんのか？」

幸助は赤信号の交差点で止まると、ブレーキを踏みながら、苦笑した顔を助手席の一平に向けた。

「心配せんでも褒めたってる。せやから、早く打ち明けてみろ。思い切って、打ち明けた方が楽になれるぞ」

一平は少し怒ったように真剣な表情を見せ、幸助の冗談口調にはもう合わせてこなかった。ここでまた冗談で返すと、本当に怒り出しかねない雰囲気だ。

「そこまで言ってくれるんやったら、お言葉に甘えて聞いてもらおか。今笑顔が出ない本当の理由とそれに繋がる俺の苦悩の話を」

幸助は一平の真剣な眼差しを正面から受け止めると、もう苦笑した表情は消し去った。本音を言うと、無性に一平に聞いてほしかった。

「望むところや。人の悩み相談を受けることが俺の本職やから気にするな。ただ、そうは言っても、俺たちは同級生の間柄に加えて、一仕事した後でもある。幸助に肩の力を抜いてもらう意味でも、どうせなら一杯やりながら聞こうやないか。今日は俺の家に車を置いていけ。

家から歩いてすぐのところに、ゆっくり話のできる居酒屋があるから、そこへ行こう」

時刻は午後六時になろうとしており、ちょうど空腹を覚えてきたところでもある。

「その提案に乗った」

幸助は何げない一平の優しさに嬉しさを感じて、やっと本来の笑顔を見せて言った。

「幸助の苦悩の理由は、うすうすは分かっているつもりやけどな。細かい事情は聞かないと分からんところもあるので」

ぼそりと最後に言った一平の一言を聞いて、幸助はこの最高の友達に早く話がしたくて、車のアクセルを少し強めに踏み込んだ。


一平が連れてきてくれた居酒屋は、十坪ほどのスペースにカウンターとテーブル席があり、さらにその奥には六人掛けテーブルが置かれた掘り座敷の個室があった。

店の主人とは顔なじみのようで、あらかじめ電話予約を入れていた一平は、「先生いらっしゃい。さあ奥へどうぞ！」と当たり前のように奥の個室へ案内され、席に着くや否やまた当たり前のように障子を閉められた。一見の客なら「障子は閉めますか？」と訊いてきそうなものだが、一平がいつもそうしているのだろう。

「幸助の苦悩とは、やはりお父さん絡みのことやな」

生ビールで乾杯した後、とりあえず三品ほど注文を入れたところで、一平が切り出した。

「その通りや。今日他人にあそこまでえらそうに親子の絆を語っておきながら、恥ずかしい話や」

　幸助は、本当に面目ないという表情をして、視線を落としながらため息を吐いた。

「しかし、今日の幸助の話は説得力があったぞ。あの説得力のある話は、幸助も言っていたように、同じ経験をした者やからこそ発言できたと思っているし、実際経験したと幸助からも聞いていたはずやが。せやのに、それの何にそんなに引っかかっているんや？」

「今日三宅さんにさせてもらった話にいっさい嘘はないし、実際親父の死んだ後の書斎の様子は、まさに大下さんの部屋とそっくりの状況やった。親父が担当医に、俺に対する懺悔の思いを言ってくれていたことも事実や。しかしなあ……」

　そのときちょうど「失礼します」という声が障子の向こうから聞こえて、注文していた三品が届けられたため、幸助は一度言葉を切った。

　一平は言葉を挟まなかった。一平は話を聞いてくれるときは、極力余計な相槌も打たずに聞き役に徹底してくれるため、話しやすかった。

「今回三宅さんの誤解を解くことができたのは、一平が調べてくれたように、仲間の横領やボスへの忠誠心など、大下さんに同情できる余地がたくさんあったからや。しかし俺の場合はなあ。根本的に親父と喧嘩するきっかけとなった事実に対して、親父への同情心をどうしても持たれへんのや。大義名分がないというか。せやから、親父の最後の気持ちは受け取れたけど、すべてを許すかどうかとなると、その根本的なところがなあ……」

　幸助はそこまで言うと、刺身盛り合わせの中から中トロを一片つまんで口に入れた。ほのかな香りを伴う脂身が、口いっぱいに広がる極上の一品だった。

「確か、幸助のお母さんのお葬式のときに、不謹慎なことを口走ったとかいうことやったな」

幸助は眉間に皺を寄せながら、こくりと頷いた。

「なあ幸助。思い出したくないことかもしれんが、お母さんが亡くなられた前後に、お前がお父さんに対して怒りを覚えることになったエピソードのいくつかを、少し詳しく聞かせてくれへんか。いみじくも幸助が今日三宅さんに言っていたように、誤解が誤解を生んで真実を見ていないということがあるかもしれん」

「それはないと思うが……」

「幸助が認めたくないのは分かる。でも、悩んでいるんやろ、お父さんに対する思いで。それやったら、第三者という立場の俺の意見も入れてみたらどうや。俺は今、さっき幸助が三宅さんに言った言葉を、そのまま幸助に言うたるわ。『結果がすべての世の中とはいえ、そこに至るまでの経緯の中には必ず様々な事情があり、その事情をたぐっていけば、同じ結果に対しても、また別の視点が見えてくる可能性がある』という言葉を」

「ははは、参ったな……」

一平の力強い言葉を前にして、幸助は立場をなくしたように視線をそらした。

「今、幸助の頭の中にある迷いを当ててたろか。失礼を承知で言うで」

一平が「失礼を承知で」という言葉を強調して、幸助を正面に見据えた。「幸助は怖いんや。大下さんのように誤解が解ける事実があればいいけど、幸助のお父さんにもしそんな事実がなければ、本当に救いようのないことになる、ということがな。その事実を知るのが怖いんやろ」

「一平！」

幸助は視線をそらしたまま、少し声を荒らげた。

「言い過ぎたんなら謝る。そしてこれ以上、この話題に触れられたくないというなら、もうこの話は金輪際やめる」

一平は言葉を切ると、テーブルに置いてあったベルを右手で鳴らした。すると間髪入れずに「はーい」と明るいウェイターの声が聞こえて、障子がすーと開いた。

「生ビールおかわり。それと天ぷらと揚げ出し豆腐をやってくれるか。幸助はおかわりどうする？」

「一平……」

一平の注文の質問には答えず、幸助は俯いて一平の名前を一言だけ呟いた。

「とりあえず生ビール二つにしといて。以上」

一平がさっさと注文を済ませてウェイターに障子を閉めさせると、俯いていた幸助が顔を上げた。

「一平……。俺の身内の恥の話を……聞いてくれるか？」

消え入りそうな声で、幸助が言った。

「恥かどうかは、聞いてみないと分からんぞ。とにかく話を聞くことが俺の専門職やと何度も言っているやろ。遠慮せんと話してみてくれ。ただ、こんな重要な話は聞いている途中に邪魔が入ってほしくないんでね。今注文した品がすべて来てから、じっくりと聞かせてもらうことにしよう」

一平のさりげない気遣いに心地よさを覚えながら、新しくきた冷えた生ビールをひとくち口にすると、幸助は二十歳のときの鮮烈な思い出話を徐に語り始めた。

「俺のお袋はもともと心臓が弱かったんやけど、最後は病院ではなく、家で寝ているときに心臓麻痺を起こしたことによる急死やったんや。当時俺は大学生二年生で、一平もテニスサークルの仲間たちとお葬式に来てくれたっけ。俺はお袋が急死したその日、たまたま研究室が一緒やった友達の家に泊まりに行っていて、死に目には会えんかった。そのことは今でも後悔の念が消えず、トラウマとなって残っているよ。そしてお袋の死の第一発見者はもちろん親父やったわけやけど、その日は徹夜で仕事をしていたとかで、発見したのは徹夜帰りの朝の十時頃やったらしい。親父は大手製薬会社の研究員で、そんな風によく仕事で徹夜をすることがあって、家を空けていることも多かった。そんな親父の一面は、俺が不審を抱くきっかけになっていると思ってくれていい。そして、もしその日親父が普通に家に帰っていて、いつものようにお袋と一緒の部屋で寝ていてくれていたら、お袋が苦しんだときにすぐに気付き、もしかしたら命が助かったかもしれない、という気持ちがどうしても拭えなくてね。そう思うと、親父が許せなくて、憎くて、やるせない思いやった。ただ、自分も家にいなかったことは棚に上げてたけどね……」

　幸助はここで一度言葉を切って一平を見た。一平は、真剣な眼差しで幸助の話に聞き入ってくれていた。そして一平の顔が、続けて、と言っているようだったので、幸助はビールをもうひとくち口に含むと、改めて口を開いた。

「そして、問題のお葬式のときのことや。お寺さんが読経を上げているとき、親父が一言『研究がもう少しで終わるのに、こんなときに』と呟いたのが聞こえたんや。こともあろうにお袋のお葬式のときでさえ、親父の頭の中は仕事でいっぱいやったんや。もともと親父に対して不信感を持っていたところへ、お袋急死の日の徹夜、そしてお葬式のときのこの一言で、俺の我慢はついに限界を超えた。こいつを一生許さんと。まあ、こんなところや。身内の恥さらしの話は」

　幸助は話し終えると、いくらか気持ちが軽くなった思いがした。今までこれらの話は、誰にもしたことがなく、三十年間幸助が一人で背負ってきた十字架だった。

「すまんかったな。嫌なことを思い出させて。ただ失礼ついでに、一つだけ確認しとくけど、幸助はお葬式のときのお父さんの呟いた言葉の意味を、一度でも考えたことはあるか？」

　一平の思いがけない問いに、幸助は少したじろいだ。

「いや、ないな。思い出したくもない言葉なんで……」

「なるほど」

　一平は少し考え込む仕草をすると、「乗り掛かった舟や。幸助、この件で調査する了解を俺にくれ。と言っても俺が自主的にする調査やから、もちろん費用の請求などはしない」

一平の真剣な眼差しに、幸助の瞳が揺れた。幸助にとっては、三十年間開けてこなかった、いわばパンドラの箱だ。あの言葉に意味などあるはずがない、という思いと、もし意味があるのなら知っておかなければいけない、という思いが幸助の頭の中で交錯した。

やがて、「いや……」と話し始めた幸助の表情は、柔らかいものとなっていた。

「一平が自主的にする必要はない。俺が正式に依頼するよ。もう真実を探ることにためらうことはやめる。どんな結果が出ようと、想像ではなく真実を手にすることができたら、俺は正式に親父と和解できそうな気がする」

「商談成立、やな」

一平の掲げたビールジョッキに、幸助も掲げて杯を合わせた。そして改めてベルを鳴らすと、店の主人を呼び出した。

「大事なお仕事のお話は終わられましたか？」

にこにこして訊く主人の笑顔に、幸助が頷いた。

「終わりました。で、今日の大将のお勧めの一品をお願いしたいと思ましてね。さっきのトロはうまかったから、次も期待していますよ」

「それは、秋と言えば、松茸の土瓶蒸しと秋刀魚の塩焼きでしょう。どちらも新鮮なものが入っていますよ」

「いいね。それをどちらもください。それとぬる燗も二合」

「へい、まいど！」

やがて松茸の芳醇な香りに満たされた席で、いつもの明るい話題に戻った二人は、秋の夜長を心行くまで楽しんだ。

13

登美丘駅前不動産の扉が開いて来店客が顔を覗かせると、瑛美と高垣が二人揃って立ち上がり、笑顔を見せた。

「あっ、お待ちしておりました、先生」

二人でぎこちなく言った先生という呼び名に、自席に座ってパソコンを見ていた幸助は、驚いて顔を上げた。今日一平が来るという話は聞いていなかったが、店頭に顔を出したのは紛れもなく一平だった。

「どうしたんや、急に」

櫃原と居酒屋に行った日から約二週間が経っており、暦は十月に入っていた。例の父親の件の調査結果が気になっていた幸助は、一平にちょうど連絡しようと思っていたところではあったので、顔を見てホッとした反面、いきなり来た事実を不審にも思った。

「いやいや、今日は彼らと約束があってね」

一平が戸惑っている幸助を愉快そうに眺めながら、瑛美と高垣を見た。

「はぁ?鹿谷さんと高垣が?」

意味が分からないという仕草をして見せた幸助に、高垣がおずおずと幸助に近づいた。

「社長、実はそうなんです。僕と鹿谷さんで先生と約束をいただき、本日お呼びしました。社長に無断で申し訳ありません」

高垣の横で瑛美もちょこんと頭を下げていた。そんな二人の様子を、葵はわくわくした表情で見ていたが、幸助は一人だけまだ戸惑ったままだ。

「無断とか、そんなことはどうでもいいんやけど、ただなんで教えてくれていなかったのかなと思って。一平も一平やろ」

幸助が非難するように一平を見たが、一平は何食わぬ顔でけろりとしていた。

「それは、鈍感な社長さんやから仕方ないやろう。二人は幸助に、かなり前から打ち明けようとしていたらしいが、その空気をお前が作らんかったみたいやで」

一平が可笑しそうに言ったが、幸助はまだキツネにつままれたような顔をしていた。

「どうする?俺から言ったらいいのかな」

一平が瑛美と高垣を見て訊いた。

「いいえ、まずは我々からお話しします。それが礼儀ですから」

一平から振られた高垣が頷いてそう言うと、瑛美を横に呼んで、改めて二人並んで幸助の前に立った。

「社長、実は僕たち婚約させていただきました。つきましては、仲人を西岡先生にお願いしまして、そのご報告も兼ねて本日来ていただいた次第です。先生には既にご快諾をいただいています」

高垣は一気にそこまで言うと、瑛美と共に深々と幸助に向かって頭を下げた。

「おめでとうございます！」

呆気に取られている幸助をよそに、葵が先に祝福の言葉を発した。

「婚約って、お前たちいつから……？あっ、そうか！あの夏の旅行のときは既にそういうことやったんやな。そしたらさしずめ、あの夏の紀南旅行は、高垣の実家への挨拶も兼ねていたということか。若山さんも一緒やったから、何も気付かんかったけど……」

「すみません――」

瑛美が改めて謝罪の言葉を口にすると、「なんで謝るねん。こんなめでたいことないやないか。こんな小さな会社やけど、こんないい出会いがあって、俺も鼻が高いよ。二人ともおめでとう！」と、ようやく幸助も嬉しそうな顔に変わり、祝福の言葉を言った。

「なあ？俺の言うた通りやろ。こういう類の幸助への報告は、サプライズの方がいいんや。計画して言おうと思ったら、全部仕事の話に変えていきよるからな」

一平のいたずらっぽい言い方に、「勘弁せえや」と幸助が頭を掻き、店内に明るい笑いが起きた。すると、突然一平が真面目な顔に変わり、幸助を改めて見た。

「ここでもう一つ提案があるんやけどな。幸助さえ良かったら、先日の以来された調査報告も、今ここで行いたいんやけど、どうや？」

嬉しそうにしていた幸助の表情が、この一平の言葉に一変した。

「おい一平、さすがにそれはあかんやろ。あれは俺の個人的な調査依頼で、仕事と関係ない話やし……」

「関係ないことはないで。これから家庭を築こうという若い二人に、大いに参考になる話やと思うけどな。ただ、幸助がどうしても嫌なら、個別に話すことにするが」

「どんなご報告なんですか？私たちのこれからに参考になるのなら、ぜひ一緒にお聞きしたいです！」

瑛美が一平の話に飛びついた。高垣にももちろん異論はなさそうだ。

「一平、何を考えているんや。ここでそんな前振りをみんなに聞かせたら、当然聞きたいとなるやろ。それに、もし悪い報告やったら……」

「悪い結果の報告やったら、俺がこんな話題を出すかいな。俺はぜひ幸助の部下たちにも聞いてほしいんや、この調査報告を。幸助が、登美丘駅前不動産の社是を『家族の絆』としているることを知っているからな」

「一平、ということはまさか……？まさか俺の誤解があったという結果なんか……？」

幸助の先ほどまでとは違う真剣な表情に、瑛美、高垣、葵の三人は俄然緊張した面持ちになって、幸助と一平を交互に見た。

「当たり前や。俺もいくらなんでも、さすがにそんな非常識なことはせんで。聞かせてあげたいんや。この子たちにもな。何故幸助が社是に『家族の絆』としたかの、幸助が身をもって学んできた家族の絆の物語を」

幸助はもう否定をしなかった。

そしてそこから一平の長い話が始まった。まずは、今回の大下八郎と三宅美智子との物語を皮切りに、一平と父親との確執と葛藤、その経験談から大下八郎と三宅美智子との関係を修復させた事実、そして今回の調査依頼に至った幸助の最後の苦悩。

三人は身じろぎもせずに、一平の話を聞いていた。幸助も一度も話の腰を折るようなことは言わなかった。

そして、いよいよクライマックスである、幸助自身もまだ聞いていない最後の一平の報告が始まろうとすると、全員の背筋が伸びた。

「今回、幸助のお父さんの昔の同僚だった人から、当時の話をいろいろと聞くことができたよ。話の聞けた方は三名。いずれも当時幸助のお父さんと部署が同じで、今は隠居されている方々やった」

一平はそこまで言うと、それまでは瑛美たち三人に向けていた視線を、幸助に向けた。

「幸助の亡くなられたお母さんは、万人に一人という心臓の難病を患っておられたらしいね。そして幸助のお父さんは、ご存知の通り、製薬会社にお勤めやった。当時、幸助のお父さんは、正規の労働時間が終わってから、お母さんの難病に効く薬の開発に躍起になっておられたということやったよ。現在とは違って、終身雇用が約束されていた反面、個人個人の意見や行動などは無視されがちやった時代のことや。残業代もつかないのに、それはそれは鬼気勝る表情で毎日時間外労働に取り組んでいたらしい。徹夜になることもしょっちゅうやったことは、幸助との証言とも一致するな。そして、お葬式のときに発した言葉の意味やけど、元同僚の方の話によると、もう少しで薬が開発できたのに間に合わなかった、という懺悔の意味で仰られたのではないかということらしい。実際、同じセリフを職場で漏らしていたらしいし。無口で不器用な人やったらしいけど、家族思いの人やったんやな、幸助のお父さんは」

一平が言葉を切って、幸助たちを見た。幸助に言葉はなかった。瑛美と葵は涙を流して聞いていた。高垣も神妙な顔をして俯いていた。

「では最後の締めくくりとして、瑛美ちゃんと高垣君に一つの言葉を贈ろう。ちなみにこの言葉は、御社の社長さんが先の三宅さんに対して、かけた言葉なんやけどね。俺は名言やと思って、これからあちこちで使わせてもらおうと思ってるんや」

一平のそんな振りにも、幸助はまだ身じろぎもせずにじっとしていた。長い間知ることが怖かった事実をやっと聞けて、幸助の頭の中には今、若かりし頃の父親と母親の懐かしい姿が浮かんでいた。

そのことを察した一平は、改めて瑛美と高垣に向き直った。

「『結果がすべての世の中とはいえ、そこに至るまでの経緯の中には必ず様々な事情があり、その事情をたぐっていけば、同じ結果に対しても、また別の視点が見えてくる可能性がある』

や。仕事も家庭も同じ。もし葵ちゃんも含めたみんなの仲間同士で、まさかあの人がそんなことを、というような思いになりそうになったとき、この言葉を思い出してほしい。なぜそうなったか、の事情を究明する気持ちを怠らなければ、いつまでも幸せな家庭を、そして組織を築けるやろう」

一平の長い話が終わると、瑛美と高垣、そして葵はやおら立ち上がって、改めて幸助と一平に深々と頭を下げた。

「社長、そして西岡先生。素敵なお話をありがとうございました！」

14

十月の平日の宵の口。コロナのあらゆる制限が解除され、外国人観光客も戻りつつある宗右衛門町の人通りは、ぼちぼちといったところだった。そして、その宗右衛門町の中にあるバー『プリンス』は、半分くらいの客の入りだった。

「今回の一平には、お礼を言ったらいいのか、不満を言ったらいいのか、分からんわ」

いつものバーボンロックで乾杯した後、幸助が少し詰るように言った。

「でもあの後、登美丘駅前不動産の結束は一段と固くなったやろう。顧問として、立派に役立ったと自負してるけどな」

「はいはい、それはよくできた顧問弁護士さんで」

苦笑交じりに、幸助が呟いた。「せやけど、あんな俺の身内の恥ずかしい話をいきなりみんなの前でされてもなあ」

「やめて欲しければいつでもやめると宣言した上で話したけど、途中で止めなかったのは幸助の方やぞ」

「それはお前、あんな前振りされたら、仮に止めても後で聞かれるやないか」

「まあまあ、だから今日こうやって、幸助を誘ったったんやろ。この店で俺が奢ることって、初めてとちがうか」

「それ、威張るところか」

そう言い合うと、最終的に二人は目を合わせて笑い合った。

確かにいずれは自分の経験談を話したいと思っていたのは事実だったし、あの日以来、瑛美と高垣と葵の目の色が変わったのも事実だった。

また、こういう経験談は、自ら言うと価値が多少下がる思いもある。第三者の一平が話してくれたからこそ、三人には期待以上に話の本質が伝わったといえるのかもしれない。

「しかし、人の縁とその後の流れというのは不思議なもんやな。大ちゃんから独居老人の相続人探しの相談を受けたことがきっかけで、三宅さん親子の和解が実現し、挙句俺自身の父親との和解にまで繋がった。そしてこの話を伝えることによって、今度は鹿谷と高垣の築く家庭に良い影響を与えてくれるとしたら、不思議を超えて運命を感じるな」

「あれ？確か幸助は以前、運命は信じへんとか言ってなかったか？」

「そうやったかな。せやけど、縁は信じると言ってたはずやぞ。縁から来た運命やと言ってるんやから、間違ってへんやろ」

「それこそ、三宅さんの言うところの、屁理屈やないか」

ははは、と一平の突っ込みに笑ってごまかした幸助は、一転、真面目な顔を作って一平を改めて見た。

「それはそうと、ここでもう一つ、一平にお願いがあるんやけどな……」

「なんや、改まって。いや待て、何の相談か当てたろか」

一平はまた思い当たることがあるのか、少しだけ思案顔をした後、すぐに幸助の方を向き直った。「業界仲間の相談、実の父親の相談ときて、そこへ部下同士の結婚ときたら、今幸助が思いつく相談の選択肢はあと一つしかあれへんがな」

一平はそこまで言うと、グラスに残っていたバーボンロックを飲み干した。

「同じものを二つ」

一平に合わせて自らも飲み干すと、幸助はバーテンに注文をしながら、一平の次の言葉を恐る恐る待った。

「嫁、やな」

息を殺して、囁くように言った一平の言葉に、幸助が「うわっ」と大袈裟に両手を上げるゼスチャーした。

「恐ろしい男や、一平は。今後、お前には何も隠し事でけへんわ」

「ふん。前にも言ったやろが。お前と何年付き合ってるねん、てな。それで、夏子さんは元気なのか」

「相変わらずのキャリアウーマンっぷりみたいや」

「ロサンゼルスにいるんやったっけ？」

「ニューヨークや。今度、なんか向こうで資格を取るとか言うとったな」

「それで、今さら俺に何の相談やねん。家族より、一級建築士としての道を究めることを優先した彼女とは、別れると言うてなかったか？」

「判子を押した離婚届を渡してあるんやけど、なかなか返して来えへんのや。それでまだ向こうにも未練があるんやったら、一旦引っ込めようかなとも思ってな……」

「そうしたらええやないか。そんなのろけ話に、俺の出番がどこにある」

「せやから、離婚届返してくれ、と言うのを、代わりに言ってもらえへんかな、と思ってな……」

「お前、仕事ではあれだけ弁が立つのに、本当に異性の話には弱いな。それは、情けなさを通り越して、女々しいぞ」

「そんなこと言わんと――」

「そしたらここで一つだけ、俺も幸助に愚痴を言わせてもらおう。弁護士が顧問先にあんまり愚痴を言うたらあかんのやけど、今日は特別や。幸助と夏子さんがもしこんな状態でなかったら、瑛美ちゃんと高垣君の仲人は幸助夫婦が引き受けるのが常識やったんやぞ。そのとばっちりが俺のところに来ていることを忘れるなよ」

「くー、痛いところをついてくるなあ」

そんな二人の会話に水を差すかのごとく、バーテンが新しいバーボンロックのグラスをチェイサーと共に置いた。ロックグラスの中の丸い氷が、カランといい音を立てて転がった。

（完）

藤田朝之（ふじた・ともゆき）

1967年大阪府堺市生まれの著者は、和歌山大学経済学部を卒業後、証券会社、飲食店経営、不動産会社と、多岐にわたる職歴を経てきた。大阪の豊かな人間関係を描くことに情熱を注ぎ、その経験を生かした作品を創出する。南大阪の駅前不動産店を舞台に描く本作は、著者にとって初めての上梓となる。

登《と》美《み》丘《おか》の風《かぜ》に吹《ふ》かれて　駅前人生不動産《えきまえじんせいふどうさん》

2024年5月15日　初版発行

著　者　　藤田朝之
発行人　　佐久間憲一
発行所　　株式会社 牧野出版
〒604-0063　京都市中京区二条通油小路東入西大黒町 318
電話 075-708-2016　ファックス（注文）075-708-7632
http://www.makinopb.com
装丁・本文 DTP　　山本善未
印刷・製本　　中央精版印刷株式会社

内容に関するお問い合わせ、ご感想は下記のアドレスにお送りください。
dokusha@makinopb.com
乱丁・落丁本は、ご面倒ですが小社宛にお送りください。
送料小社負担でお取り替えいたします。

　ISBN978-4-89500-243-1